인생을 자유롭게 하는 것들

인생을 자유롭게 하는 것들

가슴 뛰는 삶을 향해 가는
최우선의 행복

나용민 * 유숙현 지음

북로망스

목차

Chapter 1

자유롭게 살기로 했다

Chapter 2

인생은 때때로 흐림

Chapter 3

진짜 인생을 살기 위해

Chapter 4

힘이 되는 존재

프롤로그 _

누구보다 운이 좋은 사람

운이 좋았다.

한국에서 6,800km 떨어진 호주의 시골 마을 나라쿠트에서 아내를 처음 만났다. 한국으로 돌아와 무일푼인 시절을 버텼고 행복주택에 당첨되어 결혼을 하고 두 번의 세계 여행과 두 번의 창업, 두 번의 크리에이터 도전에도 아내는 곁에 있어 주었다. 행운이 따라주지 않았다면 지금의 행복을 누리지 못했을 것이라는 생각이 든다.

어느 대중가요의 가사처럼 지나온 것에는 지나간 대로 의미가 있다.

이 책에는 우리가 함께한 지난 10년의 이야기를 고스란히 담았다. 좋을 때도 힘들 때도 우린 항상 함께 있었고 웃으며 버텼다. 어떤 이들에게는 초라하고 부족하게 보일지 모르겠지만 행복한 시간이었다.

아주 긴 꿈을 꾼 것 같은 기분이 들 때도 있다. 지나간 모든 일들이 경험한 것인지 그저 상상에 불과한 일인지 헷갈렸지만 책을 쓰며 깨달았다. 그동안의 시간이 여전히 너무 생생하다는 것을 말이다.

자유와 꿈을 찾아 떠난 길에서 세상을 경험했다. 다른 사람의 목소리에 휘둘리지 않고 직접 경험해야만 직성이 풀리는 성격 탓에 온갖 부침을 겪었지만 충분히 행복했고, 여전히 행복하다.

행복주택에 당첨되는 바람에 결혼한 우리는 정부가 결혼시켰다는 농담을 던진다. 결혼 전에는 돈이 없어서 아내에게 남들 다 한다는 명품 가방과 반지를 선물하지 못했다. 대신 명품 가방 모양 케이크와 편지를 주며 3년 안에는 꼭 사주겠다고 약속했다. 아직도 그 약속을 지키지 못했는데 이 책이 많이 팔리면 7년 전에 했던 그 약속을 지킬 수 있을지도 모르겠다.

사랑과 유머를 알려주신 어머니와 아버지, 헌신과 인내를 몸소 보여주시는 장모님과 장인어른을 본받아 여기까지 올 수 있었다. 부족한 나를 믿고 연애부터 결혼까지 10년을 함께 해준 사랑하는 내 사람에게 감사의 말을 전하고 싶다.

행운의 사나이, 나용민

Chapter 1

자유롭게 × 살기로 × 했다

살아온
모양은
다르지만

"당신의 시간은 한정되어 있으니, 다른 사람의 삶을 사느라 낭비하지 마세요."

고인이 된 스티브 잡스가 2005년 6월 12일 미국 스탠포드 대학교 졸업식 연설에서 한 말이다. 대학생이 된 2007년 어느 날 스티브 잡스의 연설을 접하고 정확히 설명할 수는 없지만 내 안의 무언가가 달라졌다. 그때 다른 사람의 뒤꽁무니를 쫓아가는 일을 그만두겠다고 굳은 마음을 먹었다. 그럼에도 때로는 앞서가는 사람들의 뒷모습을 보며 부러워하기도 했다. 일반적인 틀 안에서 남들처럼 회사에 다니고, 다들 결혼할 때 결혼하고, 아이를 낳으며 사는 그런 삶을 살아야겠다고 생각할 때도 있었다. 그 틀을 벗어난 지금, 이미 충분히 행복하다.

모든 사람이 각자의 우주를 품고 있다. 각자의 생각은 우주만큼 크고 복잡하기에 다 다를 수밖에 없다. 우연히 태어난 우리에게 정해진 대로 살아야 하는 삶의 규칙은 없다. 타인에게 피해를 끼치지 않는 선에서 살고 싶은 모양대로 살아도 무방하다. 내가 생각하는 인생은 그렇다.

사회, 부모 그리고 상황 등 여러 외부 변수로 인해 인생 경로를 정하는 것이 아닌 마음속 깊은 곳에서 우러나오는 무엇인가를 좇으며 살아도 된다고 믿는다.

자신이 원하는 삶을 살아가기 위해, 원하는 것을 달성하기 위해 끊임없이 노력하면 된다. 사실 원하는 대로 살겠다는 말은 누구나 할 수 있다. 하지만 끝까지 실천해서 과실을 쟁취하는 사람은 드물다. 외부 소음이 가만히 두지 않아 휩쓸리기 쉽기 때문이다.

'너 그렇게 살면 망한다.'

'평범하게 살아라.'

'그런 일로 먹고 살 수 있겠어?'

의도하든, 의도치 않든 세상에서 들려오는 다양한 목소리는 우리를 괴롭힌다. 그래도 이제는 예전처럼 잘 흔들리지 않는다. 고집이 생겼다고 해도 상관없다. 자신의 인생은 스스로 책임지는 것이다. 부모도, 친구도 아무도 우리 인생에 간섭할 권리가 없다. 대신 살아주지 않으니까. 오롯이 내가 그리고 우리가 만들어 나가는 것이다.

그저 생긴 모양대로 살고 싶다. 지금까지는 인생의 모양을 잘 다듬어 온 것 같다. 뾰족뾰족한 별표처럼 생겼는데 사회에서 네모를 원한다고 나를 억지로 깎아 살아갈 수 없었다. 있는 그대로 살아갈 수 있는 곳을 찾아 헤매느라 10년이 걸렸지만 뾰족뾰족한 별을 반짝반짝하게 봐주는 곳을 찾았다.

오래도록 사람들에게 웃음과 의미를 전달하는 일을

하고 싶었다. 강연이 될 수도 있고, 글이 될 수도 있다. 그저 사람들과 소통하며 웃음과 행복을 전달하는 것이 삶의 목적이자 소명이라는 생각이 든다. 내가 있을 곳을발견한 것처럼 우리 모두 각자의 모양 그대로 우리를 원하는 곳이 있다. 그 곳을 발견하면 좋겠다.

한 때는 경제적인 이유로 하루하루 살아내는 것조차 힘든 시절이 있었다. 평범하게 살아왔다면 다들 비슷한 경험이 있으리라 생각한다. 힘들게 살수록 희망과 꿈이 필요하다. '지금은 직장인이지만 나중에는 작가가 되겠어'라는 꿈이 될 수도 있고, '지금은 10평짜리 임대주택에 살지만 30평짜리 내 집에 살겠어'라는 목표가 될 수도 있다.

당장은 꿈과 목표가 너무나 멀어 보일지 모른다. 시간이 지나고 노력이 쌓이다 보면 어느새 꿈이 이루어지거나 목표에 도달해 있을 것이다. 처음이 어렵지 한 번 경험하면 두 번째부터는 훨씬 쉬워진다.

'희망을 잃지 않는 것이 가장 중요하다. 희망은 인간이 가진 가장 강력한 무기다. 삶은 끊임없는 도전이며, 그 도

전 속에서 의미를 찾는다.'

나치 강제 수용소에서 살아 돌아온 심리학자이자 의사인 빅터 프랭클의 말이 삶의 모토 중 하나다. 도전하자. 희망을 잃지 말자 그리고 웃자. 언제가 이뤄질 꿈과 목표를 생각하며 하루하루 열심히 살다 보면 그곳에 닿아있을 것이다.

단단한
자신감
아래에는

"너는 또래에 비해 어린 나이부터 정말 많은 경험을 한 것 같아."

남편은 가끔 이런 말을 한다. 그 말을 들을 때마다 잠시 생각에 잠긴다. 정말 그랬을까? 그저 눈앞에 닥친 기회를 놓치지 않으려 최선을 다해왔을 뿐이다. 실패도 아픔도 많았지만, 그 과정에서 더 단단하게 만들어 준 것은 성공의 경험들이었다.

어린 시절부터 남들과는 조금 다른 길을 걸었다. 피아

니스트가 되고 싶어 열심히 연습하던 소녀는 고3의 어느 날 첼로를 만났고 겁도 없이 피아노 대신 첼로로 대학 입시를 준비했다. 두려움 반 설렘 반으로 시작한 첼로로 당당히 대학에 들어갔다. 그때의 성공 경험은 열심히 하면 어떤 일이든 해낼 수 있다는 자신감을 심어주었다.

이후에도 새로운 일에 도전하는 것을 멈추지 않았다. 앙금 플라워 떡케이크 공방을 차렸을 때도 그렇다. 사업이 성공하며 사람들에게 인정받을 때마다 점점 더 스스로의 가능성에 대한 확신을 가질 수 있었다. 그동안의 성공 경험은 성취감 이상의 의미를 남겨주었다. 실패를 두려워하지 않게 해주었고, 실패가 찾아오더라도 다시 일어설 힘을 주었다.

성공해 본 경험은 사람을 단단하게 만든다. 어떤 도전이든 겁내지 않고 부딪혀 볼 수 있게 해주고, 어떤 어려움이든 극복할 수 있다는 자신감과 믿음을 갖게 해준다. 남편은 종종 나에게 말한다.

"너는 언제나 새로운 도전 앞에서 두려움을 보이지 않아. 그게 정말 대단한 거야."

하지만 자신감은 타고난 것이 아니다. 수많은 경험 속에서 하나씩 쌓아온 것이었다. 날 때부터 자신감 넘치는 사람이 어디 있을까. 수많은 실패와 좌절을 겪으면서도 끝내 무언가를 이루어냈던 경험이 새롭게 도전할 힘을 주었고, 그 힘은 곧 나를 이끄는 원동력이 되었다. 그리고 무엇보다 중요한 자산이 되었다. 남편의 말처럼, 또래에 비해 색다른 경험을 많이 쌓았고 그 덕에 오늘날의 내가 되었다.

이제는 어떤 새로운 도전을 만나도 무섭지 않다. 그동안 이룬 성공들이 나아갈 길을 밝혀주고 있기 때문이다. 성공은 단순히 목표를 이루는 것이 아니라, 스스로의 능력을 키워나가는 시간이다. 그리고 그 과정에서 더 단단해지고, 더 강해진다.

혼자가 아니라 둘이 되었으니까 우리는 앞으로도 많은 도전을 함께할 것이다. 그 도전 속에서 우리는 새로운 성공을 맛보고, 실패도 경험하겠지만, 그 어떤 것도 앞서 두려워하지 않기로 했다. 서로의 곁에서라면 무엇이든 해낼 수 있을 거라는 것을 믿는다.

성공은 자신감을 주는 가장 큰 선물이다. 그 선물을 받을 받으면 더 이상 두려움에 주저앉지 않는다. 오히려 앞으로 나아갈 뿐이다.

"행운은 용기 있는 자를 따른다."

고대 로마의 격언을 따라 누구든 용기 있는 선택으로 얻는 자신감을 누렸으면 좋겠다. 많은 사람이 새로운 시도를 하기 전에 망설이지만 실망과 실패가 뼈 아파도 그대로 주저앉으리란 법은 없다. 분명 그 과정에서 얻는 것도 배우는 것도 있다. 작은 성공의 경험을 하나둘 쌓아 누구보다 빛나고 단단한 삶을 살아가기를 조심스럽게 바라본다.

해보지 못한 일을 남기고 싶지 않아서

많은 사람이 대학을 졸업하고 좋은 직장에 들어가기 위해 노력한다. 나도 마찬가지였다. 경영학과를 졸업하고 이름만 대면 다 아는 좋은 직장에 입사했지만 맡은 일이 나와 맞지 않았다. 사무실에 가만히 앉아 인사 업무를 보는 일은 너무 따분했다.

6개월 뒤에 결혼할 예정이었지만, 평생 이렇게는 살 수 없다는 마음이 들었다. 회사를 그만두고 조금이라도 젊을 때 꼭 도전하겠다고 마음먹었던 일을 하고 싶었다. 지금이 아니면 더 이상 기회가 없을 것 같았다.

아무리 꿈꾸는 일에 도전한다고 하지만 결혼할 상대와 의논하는 것이 먼저라는 생각에 아내(당시 여자 친구)에게 솔직하고 자세하게 이야기를 털어놓았다. 난감해하는 아내를 오랜 시간 진심을 담아 설득하니 결국은 고개를 끄덕이며 회사를 그만두는 일에 동의해주었다. 2~3년 안에 좋은 성과를 보이겠다고 자신하면서 그토록 꿈꿔 왔던 MC 일을 배우기로 했다.

"우리가 함께 한국에 돌아왔을 때 나는 자기가 하고 싶다는 앙금 플라워 떡케이크 공방 창업을 위해 도움을 주었잖아? 나도 내가 하고 싶은 일을 할 수 있도록 밀어주면 좋겠어."

"그래, 하고 싶은 거 해봐. 내가 서포트 해줄게."

아내의 지지 덕분에 입사한 지 4개월 만에 어렵게 들어간 회사에서 퇴사했다. 어릴 때부터 유재석이나 강호동처럼 사람들을 아우르며 재밌는 이야기를 하는 사람이 되고 싶다는 꿈이 있었다. 하지만 MC의 등용문인 개그맨 시험을 준비하기엔 나이가 많았다.

포기하지 않고 찾은 다른 방법은 공개방송에 앞서 MC를 보는 사전 MC가 되는 것이었다. 유명한 사전 MC를 찾아가 일을 가르쳐 달라고 했다. 바로 일을 배울 순 없어 끊임없이 문을 두드렸다. 그랬더니 기적처럼 오디션 기회가 찾아왔고 100:1의 경쟁률을 뚫고 MC 지망생이 되었다.

곧바로 일을 배우고 돈을 배울 수 있을 것이란 기대와 달리 매니저와 코디의 일을 하며 어깨 너머로 일을 배워야 했다. 어릴 때부터 나서기 좋아해 학교 축제에서 사회자를 도맡아 했었다. 아마추어였지만 경험도 있고 열정도 가득하니 금세 아내에게 당당한 남편이 될 수 있을 줄 알았다. 그러나 현실은 생각대로 흘러가지 않았다.

함께 배우기 시작한 두 명의 동기는 생각과 다른 현실에 한 달 만에 자진 포기했다. 가장으로서 책임감이 있었던 나는 포기할 수 없었다. 혼자 남았으니 버티기만 하면 금방 좋은 기회가 찾아올 것이라고 믿었다.

하지만 상황은 쉽게 바뀌지 않았다. 강행군인 스케줄로 인해 누적된 피로와 고정적인 월급이 없는 생활에 지쳐

갔다. 언제까지 배워서 어느 세월에 한 사람 몫의 돈을 벌 수 있을지 기약 없는 막막한 상황이 정말 힘들었다.

묵묵히 응원해주던 아내도 고된 공방 일에 생기를 잃어 갔다. 미래가 보이지 않는 현실이 막막해 결국은 그토록 꿈꿔왔던 일을 포기했다. 그때를 돌아보면 후회는 없지만 그 시절을 함께한 아내에게 미안한 감정이 남아있다. 내 욕심에 사랑하는 사람을 힘들게 했지만 그럼에도 인생에서 가장 후회 없는 시간이었다.

하고 싶은 일에 도전했고 최선을 다했다. 현실의 벽에 부딪혀 포기했지만 부끄럽지 않다. 사랑하는 사람이 꿈을 지지해주었고, 보답하기 위해 도전했던 시간을 결코 후회하지 않는다.

시간이 흐른 뒤 생각해 보니 그때 도전하지 않았다면 이루지 못한 꿈이 미련으로 남아 오래도록 나를 괴롭혔을지도 모른다. 그래서 할까 말까 할 때는 하라는 말이 있나 보다.

후회가 적은 삶일수록 만족스러운 삶이라 생각한다.

후회하지 않으려면 진정으로 자신이 원하는 삶을 살아야 한다. 또 하나 사랑하는 사람의 응원과 지지가 필요하다. 믿어주는 사람이 있다면 실패를 두려워할 필요는 없다. 실패해도 아무 말 없이 안아줄 따뜻한 품이 있다면 그걸로 충분하다.

막다른 길을 마주했을 때

모두 숨 가쁘게 살아가느라 바쁜 하루를 보낸다. 혼자일 때도, 연애할 때도 순탄하고 무난하게 보내온 것은 아니지만 결혼 후의 삶은 전쟁 같았다. 결혼 전에도 순탄하게 살아온 것은 아니지만 결혼 후 우리의 삶은 전쟁 같았다. 운 좋게 신혼부부 전용 임대주택에 당첨되어 가까스로 결혼은 할 수 있었지만 먹고 살기 급급했다.

둘 다 직장생활은 체질이 아니라 맨몸으로 사회에 나가 돈을 벌어야 했다. 직장에 다니고 있을 때는 안정적인 수입을 얻을 수 있으니 대출도 잘 나오고, 사람들의 평가도 좋은 편이었다. 그런데 회사 밖으로 나오니 백수 아저씨가 되어버렸다. 자영업자는 성과를 내기 전에는 웬만한 회사를 다니는 것보다 사회적 대우가 변변치 않았다.

그럼에도 틀에 박힌 대로 살 순 없었다. 평범한 결혼 생활과는 거리가 멀었지만 우리 둘 다 최선을 다했다. 일을 그만두고 전업주부로 지내던 어느날 내가 올린 영상을 본 지상파 아침 방송 작가에게서 연락이 왔다. 집에서 내조하는 남편의 콘셉트로 촬영을 하고 싶다고 했다.

카메라가 있었지만 평소처럼 집에서 청소하고, 요리하고, 빨래를 했다. 아내의 퇴근 시간에 맞춰 데리러 갔다가 집에 돌아와 함께 저녁을 먹고 하루 종일 밖에서 고생한 아내를 위해 프레디 머큐리로 분장하고 깜짝 쇼를 보여주는 모습으로 촬영은 마무리되었다.

지금 생각해 보면 좋은 추억이지만 그때는 찝찝한 마음이 들었다. 전문적으로 생활용품을 소개하는 크리에이터가 되고 싶고 그 분야에 관심이 많았다면 정말 좋은 기회라고 여겼을 테지만 말이다. SNS에는 살림에 도움이 되는 생활용품을 판매하고 돈을 버는 사람들도 많다. 그때의 나는 그런 능력이나 목표도 없었다. 단순히 콘텐츠를 만들기 위해 촬영을 했었다.

영상을 보는 사람들의 눈에는 다 보였나 보다. 진심이 담기지도, 전문적이지도 않은 영상은 인기가 없었다. 아내는 기대를 가지고 묵묵히 기다려 주었지만 시간이 흐를수록 기대는 점점 실망으로 바뀌어 갔다. 희망이 없는 삶이 가장 절망적이라고 했던가? 점점 우리 사이는 소원해졌다.

아내는 공방 일에 지쳤고, 나는 나대로 일이 잘 풀리지 않아 계속해서 자책했다. '왜 회사를 나왔을까'라는 후회로 가득한 시간이었다. 무능력한 남편을 만나 고생하는 아내도 말은 안했지만 암담했을 것 같다.

지친 아내는 모든 걸 그만두겠다고 했다. 너무 지쳐서 혼자 모든 짐을 짊어질 수 있는 상태가 아니었다. 당황스러웠지만 그 말에 따를 수밖에 없었다. 내게도 막막한 현재에서 벗어나기 위한 돌파구가 필요했다.

일 년간의 장기 여행 계획을 짜면서 우리는 희망에 부풀었다. 아내가 하고 싶어 했던 어학연수 계획도 잡고, 가보지 못했던 유럽과 아시아 나라들을 지도로 훑어보면서 기대감이 차올랐다.

살다 보면 막다른 길에 서 있는 기분을 느낄 때가 있다. 어떻게 해야 할지도 모르겠고, 어떻게 해도 방법이 없을 것만 같을 때 말이다. 그럴 때는 지금까지 이어온 끈을 끊어버리고, 새로운 길을 찾아보자. 어쩌면 새로운 돌파구를 발견할 지도 모른다.

두려움은 무지에서 온다.

불확실한 인생의 길 위에서 우리는 불안할 수밖에 없다.

우리에게 필요한 건 불안함을 받아들일 마음가짐뿐.

STRAWBERRY & VANILLA
CHEESECAKE

번아웃이
찾아
왔다

남편이 크리에이터에 도전하면서 카메라 장비부터 컴퓨터까지, 필요한 장비들을 하나둘 사들이기 시작했다. 어떤 일을 시작할 때 투자는 필수라고 생각했기에, 그가 필요로 하는 모든 것을 아낌없이 지원했다. 그렇게 6개월이 흘렀다. 처음에는 '살림하는 남자'라는 콘셉트로 집에 있는 물건들을 리뷰했다. 친정엄마가 준 청소 밀대, 신혼집을 꾸밀 때 산 쓰레기통, 변기 닦는 솔까지, 집에 있는 모든 물건들은 그의 콘텐츠가 되었다. 하지만 조회수는 저조했다.

다음으로는 음식을 리뷰하는 콘텐츠를 시도했다. 그러나 돈이 없어 마트 문 닫을 때 할인하는 반찬을 사서 리뷰하거나 컵라면을 먹으며 콘텐츠를 만들었다. 내가 먹다 남긴 다이어트 곤약면까지 리뷰에 등장했지만 결과는 같았다. 조회수는 여전히 바닥이었다.

남편이 거대한 유튜브 세계에서 고군분투하는 동안 나는 계속해서 돈을 벌어야 했다. 추운 겨울 출근을 준비하는데 집에서 라면을 끓여 먹고 리뷰 영상을 찍고 컴퓨터 앞에 앉아 편집하는 남편을 바라보니 얄미웠다. 그 감정은 점점 커져서 '나라면 대리운전이라도 나가서 돈을 벌 텐데, 그는 나한테 미안하지도 않은 걸까?' 하는 부정적인 생각들이 머릿속을 떠나지 않았다.

그 생각들은 결국 나를 집어삼켰고 결국 번아웃이 찾아왔다. 어느 날 고여 있던 마음을 남편에게 폭탄처럼 터트렸다.

"나도 이제 일 안 할래."

그의 꿈을 응원한다고 했지만, 어느새 지쳐버렸는지 떼쓰고 억지 부리고 싶었다. '내가 일을 그만두면 네가 나가서라도 일하지 않을까?' 하는 생각이 들었다. 혼자 짊어지고 있던 책임감을 남편에게 넘겨주고 싶은 마음이 자꾸 커졌다. 한 번 결정하면 무조건 해야 하는 추진력으로 공방을 정리했다. 정리하고 남은 돈을 손에 쥐고, 오래전부터 꿈꿔왔던 어학연수와 세계 여행을 떠나겠다고 선언했다.

"유튜브는 언제 어디서든 할 수 있으니, 세계 여행을 영상으로 담아봐."

그렇게 아무런 대책은 없이 세계 여행을 떠나게 되었다. 이 선택이 남편에게 기회가 될 수 있기를, 나도 새롭게 시작할 수 있기를 바라는 마음이었다. 그 순간만큼은 모든 것을 내려놓고, 다시 세상을 향해 나아가고 싶었다.

솔직함의 중요성

깊은 관계를 맺은 상대의 단점이 눈에 들어오는 순간이 있다. 가족들에게도 맘에 들지 않는 점이 있고, 친한 친구나 연인 사이에게도 그렇다. 가족은 익숙해질 대로 익숙해졌고 친구나 연인은 잠깐 흐린 눈으로 넘길 수 있지만 같이 사는 부부 사이에서는 못 본 척 넘기는 일이 쉽지 않다.

서로 다른 생활 습관을 가진 사람과 함께하는 일은 우여곡절이 발생하기 마련이다. 아주 단순한 일로 단점이 눈에 띄는 순간 오래도록 생각이 난다. 나는 손톱을 깎을 때

티슈를 밑에 두고 깎는데 아내는 맨바닥에서 깎는 걸 보고 놀랐던 기억이 있다. 왜 그렇게 깎냐고 물으니 나중에 한 번에 치우면 된다는 대답에 입을 다물 수 없었다. 지금은 아내도 티슈를 깔고 손톱을 깎는다. 시간이 지날수록 서로 익숙해지고 맞춰가게 되는 것 같다.

반대로 숙현이는 변기 여닫는 문제로 불만을 제기했다. 서서 소변을 보면 다 튀니 앉아서 해결하라고 했다. 그 말을 듣자 왠지 모르게 객기가 발동해서 한동안은 계속 서서 소변을 보았고 그러다 들켜 싸우기를 반복했다. 이런 사소한 일로 다투기 싫다는 마음이 들고서야 아내의 의견을 따르기 시작했다. 당연히 변기 주변이 깨끗해졌고 우리 둘 사이의 다툼은 줄어들었다.

결혼을 하면 가사 분담 문제, 성격 차이, 경제 관념 차이, 생활 습관 차이 등 다양한 문제로 부딪친다. 거의 30년을 따로 살다가 함께 사는데 당연한 일이다. 친구들 이야기를 들어봐도 다들 똑같다. 친구 부부는 사소한 일로 정말 크게 싸워 헤어질 뻔하기도 했다니 웃어넘길 일만은 아닌 것 같다.

부정적인 감정이 쌓이면 자연스레 상대의 단점을 찾게 된다. 작은 단점도 크게 느껴지면서 감정의 골은 나날이 깊어진다. 상대의 단점이 보이기 시작하면 밥 먹는 모습만 봐도 꼴 보기가 싫다는 이야기를 들은 적이 있다. 다들 경험해 봤는지 모르겠지만 나는 한 번 겪었다. 그저 열심히 해 보자고 한 말에 아내는 화를 냈고 그럴 때마다 싸우게 되었다.

"지금 더 열심히 해야 해. 쉴 때 아니야."

"그러면 네가 나가서 돈을 더 벌던가!"

더 싸우기 싫어서 나중에 이야기하자고 하면 아내는 그 자리에서 이야기를 마무리하고 싶어 했다. 생각뿐 아니라 대화를 하는 방식도 다툼을 해결하는 방식도 우리는 너무나 달랐다. 30분 넘게 옥신각신하다가 이야기는 어찌저찌 마무리되었지만 마음속에 앙금이 남아 아내가 미웠다. 한동안은 마주 보며 밥을 먹는 것조차 싫었다. 그때 깨달았다. 가장 가깝고, 사랑하는 사람이 이렇게 미워질 수 있구나.

그 이후로 아내의 단점이 계속 눈에 들어왔다. 말투, 행동, 생활 습관 모든 것에서 그녀의 단점을 찾았고, 싫어하는 내색을 했다. 하지만 그럴수록 싸움은 늘었고, 서로 나쁜 감정만 쌓아갔다. 이대로는 안 되겠다 싶어서 솔직하게 심정을 털어놓았다.

"자기가 말꼬투리 잡으면서 말싸움을 이어 나가면 더 이상 이야기하고 싶지 않아. 이렇게 싸우면 단점만 눈에 보이고 자꾸 악순환이 반복되는 것 같아. 지난 일은 모두 잊고 서로를 이해하기 위한 대화를 했으면 좋겠어."

관계 개선에는 대화가 가장 좋은 약이다. 이야기를 나눌 때는 서로에게 불편한 감정이 남아있어 조금은 어색했다. 하지만 서로를 이해하기로 마음먹고 이야기를 나누자 점차 감정이 가라앉았다. 솔직하고 담백한 말은 때로 상한 마음을 다독여준다.

옆에 있는 사람이 나의 생각이나 감정을 그대로 받아들여 줄 수 있다고 여기면 안 된다는 것을 아내와 부딪히고 깨지면서 알았다.

어쩌면 상대가 내 마음처럼 100% 따라 줄 것이라는 생각은 오만인 것 같다. 관계에서 가장 중요한 것은 서로 다른 감정과 생각을 존중하며 대화를 통해 문제를 해결해 나가는 것이 아닐까. 서로가 진심으로 대화하고, 이해하려고 노력하면 단점도 받아들일 마음의 여유가 생긴다. 여유를 몸과 마음에 장착하면 이 험한 세상을 함께 살아나갈 수 있을 거라 믿는다.

차창 밖
세상을
만나다

누구보다 호텔을 좋아했던 아내는 차박 캠핑을 하며 계절에 따라 변하는 풍경, 자연에서 들려오는 소리가 좋아졌다고 한다. 우리는 자연과 먼 사람이었다. 도시에서 밥벌이를 하는 여느 사람들처럼 매일 새벽같이 출근해서 일이 끝나면 곧바로 집으로 가 쓰러져 잠드는 나날의 반복이었다. 시간이 날 때면 가까운 쇼핑몰에 가서 놀거나 집에서 배달 음식을 시켜 먹는 것이 전부였다. 물론 집에서 아무것도 하지 않고 쉬는 것도 피로 회복에 도움이 되었다. 하지만 이제 우리는 안다. 자연이 선물하는 에너지가 얼마나 큰지 말이다.

차박 캠핑을 위해 전국 팔도를 돌아다니면서 보니 우리나라에는 예쁜 곳이 참 많다. 그동안 왜 그렇게 해외여행에 집착했는지 지금 생각해 보면 의아하다. 아마 다른 사람들이 하지 못한 경험을 한다는 것에 대한 우월감, 이미 해외여행 한 사람들의 SNS를 보며 느꼈던 부러움 등이 나를 자극했던 것 같다.

우리나라는 국토의 63%가 산지로 이루어져 있다. 돌아다니면서 각 지역의 산새를 보는 것만으로도 힐링이 될 때가 많다. 각 지역의 특산물이나 맛집을 찾아 맛있는 음식을 먹어보는 일은 덤이다.

차박을 위해 캠핑장에 도착하면 텐트를 펴고, 차에서 하룻밤을 보낼 준비를 한다. 봄, 가을에도 더운데 여름에는 땀이 비 오듯 쏟아진다. 더위를 이겨가며 세팅을 마친 후 의자에 앉아 자연을 바라보고 있으면 마음이 편안해진다. 계곡물 흐르는 소리, 새들의 지저귐과 나뭇가지가 바람에 부딪히는 소리만 들린다. 비로소 번잡한 도시를 벗어났다는 것을 실감한다. 그 순간 들이켜는 시원한 맥주 한 잔은 마치 선물같다.

자연 속에 있으면 대한 노출은 스트레스가 줄어들고, 전반적인 정신 건강을 향상시킨다는 연구 결과가 있다. 자연에서의 경험이 주의력을 회복시키고 심리적 피로를 줄여준다고 한다. 자연 환경을 많이 접할수록 심박수, 혈압이 안정되고 스트레스 호르몬이 감소하는 효과가 있다는 연구 결과도 있다.

캠핑을 하면 비록 잠자리는 불편하더라도 잠도 잘 오고, 다음 날 아침에 개운하다. 머릿속을 꽉 채운 고민거리를 잠시 내려놓는 것만으로도 스트레스가 줄어드는 느낌이 든다.

가만히 풍경을 바라보고만 있어도 마음이 편해지고, 조금 더 여유로워진다. 캠핑을 시작한 이후로 캠핑 전도사가 되었다.

현대인들은 쉴 새 없이 머리를 쓴다. 사람 관계, 돈 걱정, 회사 일 그리고 건강 문제 등 매일이 고민의 연속이다. 이 문제를 해결하면 다른 문제가 튀어나오는 것이 우리네 인생 아니던가? 문제를 계속 생각하다 보면 풀릴 때도 있지만 생각만으로는 해결되지 않는 일들도 많다. 그럴 때는 온전히 내려놓는 시간이 필요하다. 해결책은 아주 쉽다. 자연 속으로 걸어들어 가면 된다. 멀리 갈 필요도 없다. 뒷산도 좋고, 동네 공원도 좋다. 온전히 자연을 느끼면 충분하다.

우리 주변에 언제나 있었지만 유심히 보지 않았던 자연과 가까워지자 조금 더 행복해졌다. 처음엔 엄청 낯설었다. 불편하기도 하고, 벌레가 거슬리기도 했다. 하지만 이제는 도시를 벗어나는 날이 기다려진다. 잠깐만 시간을 내서 자연이 주는 충만함을 느껴보면 좋겠다. 모든 걸 내려놓고 편히 쉬는 색다른 기분을 느끼게 될 것이다.

HOTEL

우리에게 진정 필요한 건
자연에서 누리는 편안함이다.

과거를 돌아보지 않다

어린 시절, TV에서 흘러나오는 동요를 듣고 장난감 피아노로 즉흥 연주를 하곤 했다. 이를 본 고모는 조카가 절대음감을 가지고 있다고 믿으며 피아노를 사주었고, 그때부터 음악 천재라는 타이틀을 얻었다. 집안의 자랑거리로 피아니스트의 꿈을 키워갔다.

그러다 사춘기가 찾아왔다. 피아노와 공부에 대한 열정은 서서히 식었고, 친구들과의 관계가 더 중요해졌다. 방황은 길어졌고, 고등학교 2학년 말까지 이어졌다.

어느 날 엄마가 피아노 대신 첼로를 한 번 배워보면 어떻겠냐고 제안하셨다. 물론 구미가 당기는 이야기는 아니었다. 첼로를 하루 이틀 만에 배울 수 있는 것도 아닌데 이미 식은 음악에 대한 열정이 악기를 바꾼다고 살아날 리 없었다. 엄마는 한 달 동안 매일 첼로를 배워보지 않겠냐고 물어보셨고 갑자기 '한 번 배워볼까?' 하는 생각이 들었다.

30만 원짜리 연습용 첼로를 들고 첫 레슨을 받던 날이 아직도 생생히 기억난다. 도레미파솔라시도 소리조차 낼 줄 몰라서 혼자 음을 하나하나 찾아가며 더듬더듬 반짝반짝 작은 별을 연주하던 그 순간. 레슨이 끝나고, 선생님은 꿈 같은 이야기를 하셨다.

"혹시 입시 준비해볼래?"

그 질문을 받자 내 심장은 미친 듯이 뛰었다. 방황하던 내게 너도 할 수 있다고 손을 내밀어 주는 것 같았다. 그렇게 고등학교 3학년이 되어서야 첼로 입시를 준비하기 시작했다. 다른 친구들이 어린 시절부터 준비한 음대 입시를

단 6개월 만에 해내야 했다. 방황이 길었던 만큼 간절했기에, 하루 8시간씩 연습하며 손가락에 물집이 생기고 터져도 아랑곳하지 않고 연주에 몰두했다.

그 과정에서 열정을 다해 노력하면 해낼 수 있다는 믿음이 생겼고, 누군가의 도움이 없이는 도저히 해낼 수 없는 일도 있다는 것을 깨달았다. 시간이 흘러 지원했던 세 곳의 대학에 모두 합격했다. 기적이 일어났다. 첼로는 오랜 방황을 끝내고 나아갈 길을 열어주었다.

그렇게 들어간 대학에서 배운 것은 첼로보다도 '주제 파악'이었다. 대학에 와보니 눈에 보이지 않지만 더 올라갈 수 없는 유리벽이 존재했다. 게다가 외향적이고 활달한 성격을 누르고 매일 몇 시간씩 연습실에 갇혀 시간을 보내는 것이 답답하고 지루하게 느껴졌다.

누군가가 "악기로 평생 먹고 살래?"라고 물으면, 답을 할 수 없을 것 같다는 결론에 이르렀다. 대학교 3학년이 되면서 첼로를 그만두고 살아갈 미래를 고민하기 시작했다. 무엇이든 빨리 경험하고 빨리 결정하는 것이 더 많은 기회를 얻는다고 믿었기 때문이다.

"비싼 악기를 배워놓고 그만두는 게 아깝지 않냐?"
"나는 정말 하나도 아깝지 않았어."

사람들이 물으면 단호하게 답할 수 있다. 첼로가 아니었다면 방황을 끝내지 못했을 것이고, 음악인을 꿈꾸는 사람들과 함께했던 4년간의 경험은 내게 매우 소중했다. 그 과정에서 얻은 교양, 취향, 사람들은 내 인생에서 가장 값진 자산이 되었다.

끈기가 부족하다고 생각할 수도 있지만, 나는 그것을 주제 파악이라고 부르고 싶다. 잘할 수 있는 것과 그렇지 않은 것을 빠르게 파악하고, 다시 길을 찾는 것, 그 또한 용기라고 믿는다.

청개구리를
닮은
사람

부모님과 남편를 비롯한 가까운 사람들에게 청개구리 같다는 말을 자주 듣는다. 성격이 독특하다는 뜻일까. 지금도 그렇지만 어릴 때는 사람들이 이래라저래라 지시하는 것이 너무나 싫었다. 누군가가 무언가를 강요하거나 조언을 하려는 순간, 오히려 그 반대로 하고 싶은 마음이 솟구쳤다. 마치 통제받는 것을 본능적으로 거부하는 청개구리처럼 말이다.

언제나 원하는 것은 단 하나, 자유였다. 스스로 선택하고 그 선택의 결과를 온전히 책임질 수 있는 자유. 부모님의 조언에도, 언제나 알아서 하겠다는 말을 습관처럼 내뱉곤 했다. 사실 그 말 뒤에는 어쩌면 내 삶을 내 뜻대로 살아내고 강한 의지가 있었을지도 모른다.

성인이 되어서도 그 성격은 변하지 않았다. 호주 워킹홀리데이를 떠나기로 결심한 후 편도로 호주행 티켓을 끊고 무작정 떠날 준비를 했다. 그리고 출발하기 일주일 전, 부모님께 한 마디를 남겼다.

"저 호주로 워킹홀리데이 가요."

그게 다였다. 부모님은 당황하셨지만, 이미 결정을 내렸고 마음은 호주에 가 있었다. 다행스럽게도 호주로 떠난 건 인생에서 가장 중요한 전환점이 되었다. 그곳에서 많은 것을 배우고, 삶을 스스로 책임지는 법을 더 깊이 깨닫게 되었다.

중요한 것은 부모님의 허락이나 주변의 승인을 구하지 않고도 내가 내린 결정을 따를 수 있다는 자신감을 얻었다는 것이다. 그 후 한국으로 돌아와 사업을 시작할 때도, 결혼을 할 때도, 누구의 허락을 받지 않았다. 내 인생은 나의 선택으로 이루어져야 한다는 원칙을 스스로 세웠기 때문이다.

"내 딸은 자기가 알아서 잘할 거야."

이제는 부모님도 더 이상 조언을 건네지 않는다. 그동안 해온 선택들을 지켜보며, 잘해낼 것이라는 믿음을 키워오셨는지도 모른다. 덕분에 더욱 자유롭게 내 길을 찾아 나아갈 수 있었다.

누군가의 지시나 간섭이 없는 공간에서 비로소 자유로워졌다. 누군가 보기에 청개구리 같은 성격이라면 그 성격 덕분에 자신만의 길을 찾아나가고 있는 것은 아닐까. 남들의 기준이나 틀에서 벗어나, 삶의 주체가 되겠다는 마음이 결국 지금의 나를 만든 것처럼 말이다.

겉으로는 평범하게 사는 척하지만 마음속으로 남들과 다른 자신만의 길을 걷고 싶어 한다. 남들이 가지 않는 길을 선택하고, 남들이 하지 않는 결정을 내리며, 나만의 방식으로 살아가고자 하는 마음을 감추고 있을 뿐이다.

청개구리 같지만 남들과는 다르게 누구의 간섭이나 조언도 없이 선택을 내리는 경험을 누구나 한 번쯤 경험해 봤으면 좋겠다. 생각보다 깊은 속마음을 알아주고 지지하는 일은 어렵다. 그럼에도 모두가 그 안에서 느끼는 책임감과 자유로움을 온전히 느끼는 삶을 누리기를 바란다.

자신에게 맞는
속도와
방향을 찾아

'가수 더콰이엇은 감성적인 멜로디에 삶에 대한 깊이 있는 통찰이 묻어있는 가사를 쓰는 래퍼다. 그중에서도 〈한 번뿐인 인생〉의 가사는 내 인생을 바꿔놓았다. 처음에는 멜로디가 좋아서 듣기 시작했는데 시간이 지날수록 가사 한 줄 한 줄이 마음에 와닿았다.

성인이라면 모든 것을 스스로 결정하고 헤쳐 나갈 수 있을 줄 알았다. 그러나 스무 살의 나는 그렇지 못했다. 고백하건데 대학교 진학 후에도 어린애처럼 굴었다. 용돈을 받고, 물리적이나 정신적으로 부모님에게 기대어 살았다.

군대를 다녀와서도 마찬가지였다. 정신을 차리기는커녕 억눌렸던 2년이 지나고 주어진 자유는 너무 달콤했다. 사람들이 좋았고, 술이 좋았다.

목적도 없이 친구들이 공부하니까 공부했고 운 좋게 들어간 대학교에서는 미래에 대한 걱정보다 오늘의 안주를 더 고민했다. 시간은 빠르게 흘러 26살이 되었다. 남들이 다하니까 중간에 휴학도 했고, 아르바이트도 했지만 인생에 대해 진지하게 고민해 본 적은 없었다.

20대의 시간들을 아무렇게나 흘려보낸 일은 아직도 조금 후회가 남는다. 하지만 그 시간이 있었기에 지금 한눈팔지 않고 일에 더 집중할 수 있는 것 같다.

대학교를 졸업할 때쯤이 되자 취업을 열심히 준비한 친구들은 하나둘씩 취업에 성공했다. 취업을 위한 아무런 준비도 하지 못한 게 내심 불안했지만 취업하면 다시는 새로운 일을 할 수 없을 것 같았다. 한 번뿐인 인생을 이렇게 살 수는 없었다. 그때부터 닥치는 대로 아르바이트를 해서 돈을 모았다. 학교 도서관 사서, 돌잔치 MC, 맥도날드 배달

등을 하며 악착 같이 모은 돈으로 호주로 워킹홀리데이를 떠났다.

사람들은 말한다. 누구나 자기만의 속도와 방향이 있다고 말이다. 대부분의 사람들은 사회나 부모님, 주변 환경이 정해준 길로 걸어간다. 그 길이 정말 원하는 방향으로 가고 있는지 중요하지 않다. 남들이 다 걸으니까 그냥 걷는다. 하지만 나는 그러고 싶지 않았다. 남들보다 늦은 것 같아도 남들과 다르게 보여도 원하는 대로 살고 싶었다.

워킹홀리데이를 떠났지만 영어 한마디 제대로 못 하는 동양 청년에게 호주는 호락호락하지 않았다. 언어가 안 되니 서비스업은 꿈도 못 꾸었다. 브로콜리, 무, 파, 양파 농장을 거쳐 육가공 공장에 취직했다. 공장이 일은 힘들어도 돈은 많이 준다는 말에 홀라당 넘어갔다. 일은 들었던 것보다 훨씬 힘들었다. 새벽 4시에 일어나 5시까지 출근하여 저녁 6시까지 12시간 넘게 일했다. 호주가 노동자의 나라인 만큼 식사 시간과 쉬는 시간은 잘 지켜졌지만 일은 결코 쉽지 않았다.

소 내장이 담긴 20kg이 넘는 상자를 하루에 천 개씩 포장하고 날랐더니 일한 지 일주일쯤 지나자 날갯죽지가 너무 뜨겁고 아팠다. 동료들에게 아픔을 말했더니 웃으며 처음엔 원래 다 그렇다는 말이 돌아왔다. 그래서 일주일에 백만 원씩 벌어도 일이 힘들어서 3~6개월 안에 그만두는 사람이 많다고 했다. 그 이야기를 듣자 오기가 생겼다. 비자 기간이 끝나는 일 년 동안 공장에서 열심히 돈을 모아서 세계 여행을 떠나기로 다짐했다. 일 년 뒤, 나는 그 공장에서 워킹홀리데이 비자로 가장 오래 일한 한국인이 되었다.

하루 12시간이 넘는 육체노동을 하며 시간이 나면 인생을 돌이켜 보았다. 친구들은 대학교를 졸업하고 이름만 대면 다 아는 대기업에 취직하여 사무직으로 근무하고 있는데 나는 왜 여기서 이러고 있을까 하는 생각을 떨칠 수 없었다.

그 시간을 통해 깨달았다. 인생에 따라야 하는 규칙은 아무것도 없다는 것을 말이다. 결국 모든 것은 내 선택에 달려 있었고 사람들의 시선에서 자유로워질 필요가 있었다. 다른 사람이 인생을 대신 살아주는 것이 아니었으니 말이다.

운 좋게도 육가공 공장에서 마음이 맞는 여자 친구를 만났다. 우리는 함께 일하고 비자가 끝나 돌아올 때가 되었을 때는 열심히 모은 돈으로 함께 유럽과 미국을 여행했다. 그리고 3년 후 결혼까지 하게 되었다. 인생을 주체적으로 살아가니 남들보다 조금은 느리지만 원하던 길을 따라 걸어가고 있다.

한 번 뿐인 인생의 길을 누구와 어떤 모습으로 걷고 있는지 생각해 보면 좋겠다. 지금 기쁘게 걷고 있는지, 아직도 길을 찾고 있는지, 억지로 한 걸음씩 겨우 내딛고 있는지 말이다. 자신에게 맞는 인생의 의미와 길을 찾아 걸어가기를 응원한다.

인생을 자유롭게 하는 것은
온전히 자신의 선택으로부터 시작한다.

부모의 기대, 지인의 평가, 사회적 시선은
살짝 무시해도 좋다.

불확실한 선택들이 모여 자유로운 인생을
만들어 가리라고 믿는다.

등 뒤를 든든하게 지켜주는

사람마다 편안함을 느끼는 순간이 다르겠지만 외동아들이어서인지 혼자 있을 때 가장 편했다. 친구나 연인, 가족과 함께하는 시간은 즐겁고 좋지만 편안함을 느끼지는 못했다. 누가 형제가 없어서 외롭지 않냐고 물어보면 의아하기까지 했다.

이제는 조금 달라졌다. 아내를 만난 지 10년이 되었고 그동안 함께 일을 하고, 여행을 다녔다. 함께한 시간이 긴 만큼 추억이 많지만 서로에 대해 너무 잘 알게 되었다. 눈빛, 말투나 행동만 보아도 상대방이 화가 났는지, 기분이 좋은지 느낄 수 있다.

지금은 함께하는 시간이 당연해졌다. 두 사람일 때 느끼는 안정감은 혼자일 때 느끼던 만족감과는 다른 행복이라는 것을 알게 되었다. 또한 이 사람이 오래도록 옆에서 나를 지지해줄 것이라는 믿음이 쌓여 무엇이든 이겨낼 수 있다는 자신감까지 얻었다.

삶을 살다 보면 혼자 겪어내기에는 감당하기 어려운 일들을 마주하게 된다. 그럴 때 혼자 이겨내기보다는 옆에 있는 사람이 정말 큰 힘이 된다.

나는 비혼주의자는 아니었지만 그렇다고 빨리 결혼해야 한다고 생각한 사람도 아니었다. 하지만 지금 생각해 보니 빨리 결혼한 것이 내 인생에서 가장 잘한 일 중 하나인 것 같다. 다른 곳에 에너지를 낭비하지 않게 되었다. 일도 충분히 집중하게 되니 경제적인 여유도 덩달아 따라왔다.

결혼한 사람이 그렇지 않은 사람보다 심장 질환, 암 등 질병으로 인한 사망률이 낮은 경향이 있다는 연구 결과가 있다. 서로가 있어 병원 치료를 더 잘 받도록 돕기 때문이라고 한다. 더불어 정서적으로는 스트레스를 줄여주고, 경제적으로는 함께 소득을 관리하면서 재정 목표를 더 쉽게 달성할 수 있게 된다고 한다.

혼자서 살아남는 것도 버거워 누군가를 곁에 두지 않기로 마음먹은 사람들이 늘어나고 있는 시대다. 우리나라의 1인 가구 비율이 41.8%에 달한다는 통계를 봤다. 하지만 힘이 되는 사람과 함께하면 버티는 것도, 살아남는 것도 조금은 견딜 만해진다.

곁에 있는 사람 때문에 마음고생을 할 때도 있지만 그 사람이 곁에 있어 주는 것만으로도 큰 힘이 된다. 혼자서도 둘이서도 충분히 행복하기를. 나아가 당신에게 힘을 주는 사람과 인생을 자유롭게 누비기를 바란다.

완벽하지
않아도
괜찮아

완벽한 관계는 없다. 함께 살면서 얻은 가장 큰 교훈이다. 하나의 인간은 하나의 우주라고 했던가? 사람마다 생각과 삶의 방식이 우주만큼 넓고, 깊다. 자신의 방식이 옳고, 상대방이 틀렸다는 자만은 관계를 악화시킬 뿐이다.

결혼식을 준비하면서 다투는 예비 신랑 신부가 많다는 인터넷 글을 읽은 적 있다. 예식에 대한 서로의 기대 혹은 부모님들의 생각이 달라 다툼이 생긴다고 한다.

우리의 결혼 준비를 떠올려 보면 참 무난했다. 같이 살면서 투닥거린 적은 있어도 결혼을 준비하면서 다툰 기억은 거의 없다. 아마 결혼식에 대한 로망이 없었기 때문이 아닐까.

"나는 우리의 결혼식이 화려할 필요도 없고, 성대한 결혼식에 대한 로망도 없어."

"아 그래? 나도 결혼식 크게 하고 그런 건 관심이 없었는데 잘 됐다."

여자 친구의 말에 얼마나 가슴을 쓸어내리며 안도했는지 모른다. 경제적으로, 심적으로도 여유가 없어 결혼식을 준비할 생각에 전전긍긍했었다. 여자 친구의 말 한마디 덕분에 마음 편히 결혼식 준비를 할 수 있었다. 지금도 참 고맙게 생각하는 부분이다.

두 사람이 잘 사는 것이 중요하지만 결혼식이 두 사람만의 이벤트가 아니라 온 가족의 일이 되는 것을 종종 마주한다. 한 친구는 결혼을 준비하다가 파혼 직전까지 간 적도 있고 말이다.

결혼을 앞두고도 부모의 간섭이 생기는 건 여러 이유가 있겠지만 경제적 지원을 받기 때문인 경우가 많다. 도움을 받으니 심리적으로 종속되어 부모님의 말씀을 따라야 한다는 암묵적인 규칙이 생기기 때문이다.

다행인지 불행인지 우리는 양가에서 도움을 받을 수 없었다. 부모님 지원 없이 우리 힘으로 모든 것을 해결해야 했다. 이런 상황이 불만스럽거나 슬프지는 않았다. 그저 어떻게 하면 우리가 가진 예산안에서 잘 할 수 있을지 고민했다.

결혼식장은 대관비가 없는 때를 노리고 예물과 예단은 하지 않았다. 운 좋게 당첨된 행복주택으로 집은 해결이 되었으니 그다음은 우리가 사용할 필수 가전과 가구가 필요했다. 거창한 혼수 대신 필요한 것들을 인터넷 최저가로 샀다. 요즘은 다 산다는 대형 TV와 건조기는 놓을 자리가 없어 살 수도 없었다. 냉장고, 세탁기, 에어컨, 침대 그리고 가스레인지가 전부였다. 남들이 보았을 땐 부족해 보일 수 있지만 12평 1.5룸 임대주택이 우리에게는 부족함이 없었다.

작고 소박한 집었지만 우리에겐 그곳이 안식처였고, 천국이었다. 둘이서 함께 지낼 수 있는 보금자리가 생긴 것만으로도 행복했다.

SNS를 열면 다른 사람이 어떻게 사는지 한눈에 보인다. 그러다 보니 타인과 삶의 비교하기가 쉬워졌고 타인이 보여주는 최상의 상태를 평범이라고 착각하기 쉽다. 사람마다 처한 상황이 다 다른데도 불구하고 말이다.

좋은 사람과의 완벽한 관계나 결혼을 위한 완벽한 상황은 오지 않는다. 그저 두 사람이 힘을 합쳐서 맞추어가기 위해 노력하는 시간만이 필요하다. 사람과 깊은 관계 맺기 어렵고 연애가 귀찮은 사람이 있다면 끈끈한 관계에서 주는 힘이 있다고 말해주고 싶다. 결혼이 아니더라도 둘만이 공유하는 진한 추억이자, 두 사람만의 이야기를 만들어가기를 바란다. 그 속에서 안정감과 행복을 느껴본 사람의 추천이니 믿어도 좋다.

때로는
모르는 게
약

남편은 내가 결혼식에 대한 로망이 없었다고 생각한다. 사실 그저 현실에 맞춘 결혼을 했을 뿐이다. 상황 파악이 빨랐다는 편이 맞겠다.

결혼을 준비하던 때에 한쪽은 취업을 준비 중이었고, 다른 한쪽은 이제 막 창업한 초보 사장이었다. 우리에게는 모아둔 돈도, 의지할 만한 든든한 지원도 없었다. 그래서 화려한 결혼식을 꿈꾸는 건 사치라고 생각했다. 현실적인 결혼식을 선택했을 뿐, 결혼식에 대한 로망이 없었던 건 아니다.

이 이야기는 아마 처음으로 꺼내는 나의 솔직한 속마

음일 것이다. 그 누구에게도 말하지 않고 꼭꼭 숨겨둔 비밀이다. 화려한 결혼식을 꿈꿔본 적이 없다는 건 사실 거짓말이다. 여유가 있었다면, 나도 길게 펼쳐진 버진로드 위를 걸으며, 생화로 가득 채운 아름다운 예식장에서 결혼하지 않았을까?

그땐 애써 담담하게 현실을 받아들였지만, 이제는 웃으면서 이야기할 수 있는 (남편만 모르는) 결혼식 비하인드 스토리다.

Chapter 2

인생은 × 때때로 × 흐림

한순간 지나가는

'사랑은 한순간의 감정이 아니다. 그것은 결심이고, 약속이며, 헌신이다.'

세익스피어의 희곡 《로미오와 줄리엣》에 나오는 대사 중 하나를 현대적으로 재해석한 문구다. 결혼 초창기에는 이 문구의 의미를 깨닫지 못했다. 결혼이란 사랑하는 사람과 함께 지내며 알콩달콩 추억을 쌓아 나가는 일 정도로 가볍게 생각했다. 다행인지 불행인지 이 생각은 오래가지 않아 산산조각이 났다.

꿈을 좇는다고 잘 다니던 회사를 그만두고 MC 일을 배우러 다닐 때였다. 아내는 혼자 앙금 플라워 떡케이크 공방을 운영하면서 생활비를 벌었다. 나도 일을 배우며 조금씩 번 돈을 생활비에 보탰다. 사실 아내는 결혼하면 당연히 남자가 돈을 더 많이 벌고 가정 경제를 꾸려야 한다고 생각했다고 한다.

그때는 결혼만 했지, 결혼의 의미에 대해 깊게 생각해 본 적이 한 번도 없었다. 그래서 결혼이라는 말 안에 헌신이 포함되어 있다는 것을 몰랐다. 아내가 스스로 헌신하고 있다고 생각했는지는 모르겠지만, 그녀는 가정을 유지하기 위해 최선을 다했다.

평일에는 수강생들에게 앙금 플라워 떡케이크를 만드는 방법을 가르치고 주말에는 주문받은 케이크 제작을 위해 새벽에 출근해서 늦은 오후에나 퇴근했다. 일주일 내내 쉴 틈 없이 누구보다도 열심히 살았다.

헌신은 사랑을 기반으로 한다. 진심으로 상대방을 생각하고, 위하는 마음에서 우러나온다. 그 당시에는 아내가 나를 믿어주고, 사랑과 헌신으로 지지해준 덕분에 크리에이터라는 새로운 일에 도전할 수 있었다.

결혼하고 함께하는 시간이 쌓여갈수록 결혼에 대한 생각이 확장되었다. 한순간 불타오르는 성냥 같은 감정이 아니라 '행복한 가정'이라는 공동의 목표를 향해 두 사람이 힘을 합쳐 매일 한 걸음씩 내딛는 것이었다. 혼자의 안위만 걱정하면 충분했던 삶과는 너무나도 다른 삶의 양태였다. 돈 문제, 가족 문제, 건강 문제 그리고 관계 문제 등 다양한 문제들이 두 배가 아닌 세 배 정도로 늘어났다.

두 사람 사이에 놓인 문제들을 해결해 나가는 과정도 만만치 않다. 둘의 문제가 아니라 가족까지 함께 고려해야 하는 문제들은 더 골치 아파진다. 가까스로 문제를 해결한다고 해서 끝이 아니다. 하나를 해결하면 그 다음 처리해야 할 문제가 끊임없이 나타난다.

처음에는 너무 벅차 결혼을 왜 해서는 이 고생을 하는지 의문이 드는 날도 있었다. 심하게 다투는 날이면 다시 혼자가 되고 싶다는 생각을 순간적으로 한 적도 있다.

서로를 이해하고, 있는 그대로를 받아들이려고 노력해야 한다는 것을 깨닫고 실천하는 데까지 적지 않은 시간이 필요했다. 하지만 그 시간이 있었기에 지금의 우리가 있게 되었다.

부부 사이의 문제는 시한폭탄과 같다. 째깍 째깍 시간이 줄어들고 있는 시한폭탄이 터지기까지 시간이 많이 남아있다고 폭탄을 해체하지 않고 두는 사람은 없다. 부부 사이의 문제도 무시하고 살다 가는 제한 시간이 다 된 폭탄처럼 터지고 말 것이다. 만약 지금 함께하는 사람과의 관계에 문제가 생겼을 때는 이 말을 떠올려 보자.

'사랑은 한순간의 감정이 아니다. 그것은 결심이고, 약속이며, 헌신이다.'

오늘도 함께하기로 약속한 사람을 한 번 더 참아주고 이해해 보기로 마음을 먹는다. 인생의 길을 오래도록 걸어가는 동안 옆을 든든하게 지켜주는 사람 덕분에 흔들릴지언정 무너지지는 않을 것이라 믿으니까 말이다.

감정보다
중요한 건,
태도

문득 우리나라에서 점점 여유를 찾아보기 힘들어지는 것 같다는 생각이 들었다. 호주나 뉴질랜드에서는 길을 걷다 사람을 만나면 먼저 길을 비켜주고, 눈을 마주치면 인사를 건네고, 멀리서 뛰어오면 엘리베이터를 잡아주는 모습을 자주 보았다. 한국에서는 와서는 이런 모습을 찾아 보기 어려웠다.

여유가 있으려면 경제적, 육체적, 시간적으로 넉넉한 마음을 가지고 있어야 한다. 여유가 에티켓이 아닌 사치재가 되어 가는 것 같다.

부부 사이도 마찬가지다. 여유가 없으면 서로 예민해진다. 사소한 지출 가지고도 서로 아옹다옹하고 누구라도 돈 이야기를 면 잔뜩 날을 세운다.

신혼 때는 경제적 정신적으로 먹고 살기 팍팍하니 말과 행동이 날카로워지기 일쑤였다. 하루는 부모님에게 드리는 용돈의 액수로 서로 옥신각신했다. 지금 생각해 보면 그렇게 큰돈도 아니었다. 그때는 그 돈이 없으면 당장이라도 큰일이 날 것 같았다.

지금은 조금 다르다. 여전히 빚이 꽤 있고, 넉넉하진 않지만 열심히 산만큼 성과를 얻었다. 부모님 생신이나 기념일 때 양가 부모님께 용돈을 드릴 수 있게 되었다. 경제적으로 그리고 심적으로 여유가 생겼다.

물론 육체적인 여유도 필요하다. 한창 공방에서 일을 할 때 아내는 경제적 여유는 있었지만 육체적인 여유가 없었다. 몸이 힘드니 외부 활동도 할 수 없고, 일 끝나면 집에서 쉬는 것이 전부였다.

피곤한 탓인지 자주 날카롭게 행동하거나 묻는 말에

대답을 하지 않기도 했다. 그럴 때마다 속상했다. 이렇게 사이가 안 좋아지면서까지 많은 돈을 버는 것이 과연 어떤 의미가 있는지 고민이 깊어졌다.

세상에서 가장 사랑하는 사람이 여유가 없어 날카롭게 행동하는 것은 참 슬픈 일이다. 사랑하는 감정보다 중요한 건 서로를 대하는 태도다.

예전에는 SNS에서 해외여행 사진을 보거나 비싼 오마카세 식당에서 먹는 사진을 보며 부러워했다. 지금은 가족들끼리 소소하게 밥을 먹는 사진이나 부모님과 함께 생일 초를 끄는 아주 평범한 사진들이 더 대단하게 느껴진다.

아주 평범하다고 생각했던 일들이 실은 모든 상황이 잘 맞아떨어져야만 가능한 일이라는 것을 깨달았다.

사랑하는 사람과 함께하는 일이라고 해도 감정 상하는 일이 없을 수 없지만 항상 좋은 태도를 가지는 것이 행복한 관계의 첫걸음이라고 생각한다.

가장 편한 안식처에서 가장 가까운 사람과의 관계가 행복해야 전쟁터 같은 밖에서 어쩔 수 없이 받은 상처들을

치유 받지 않을까? 가장 가까운 사람에게 매일 줄 수 있는

선물은 여유로운 태도와 상냥한 말인 것 같다.

행성과
행성이
부딪히듯

'양말 뒤집어서 벗어 놓는 걸로 싸운다니까 진짜야.'

3년 전 결혼한 친구의 말이 귓가에 맴돌았다. 결혼 전에는 서로의 습관이나 생활 양식을 사소한 것 하나까지 모두 맞춰나가야 한다.

나는 치약을 맨 밑에서부터 짜서 쓰지만 아내는 중간에서부터 짜서 쓴다. 그러면 누가 짜증 날까? 바로 나다. 중간에 움푹 들어간 치약을 보면 짜증이 난다. 그리고 아내에게 말한다.

“치약을 밑에서부터 짜서 쓰면 좋겠어. 그래야 낭비도 없고 알뜰하게 쓸 수 있으니까.”

“응. 알겠어~”

아내는 대답은 잘하지만 다음에도 또 중간에서 짜서 쓴다. 왜 그럴까 곰곰이 생각해 보니 중간에서 짜서 써도 숙현이 자기 자신한테는 별다르게 문제가 없기 때문인 듯하다. 나 역시 마찬가지다. 화장품을 쓰고 나서 뚜껑을 안 닫아놓으면 아내가 말한다.

“스킨 쓰고 나서 뚜껑 닫아 놓아줘. 안 그러면 세균이 번식할 수 있어.”

“응. 알겠어~”

큰일이라고 여겨지지 않으니 나도 건성으로 대답하고 만다. 그동안 쌓인 것들이 터져 나오는 날에는 행성과 행성이 부딪히듯 엄청난 폭발이 일어난다. 싸움의 이유는 사실 생각해 보면 별것도 아닌 치약 짜는 방법, 옷을 걸어놓는 방법 그리고 설거지하는 시간 등의 일이었다.

왜 그렇게 열을 냈을까 싶다가도, 어쩌면 그런 다툼들이 각자의 세계가 하나 될 때 벌어지는 자연스러운 일이라는 생각이 든다.

'저희 남편은 경제력이 좋아요.'

'다정해서 좋았어요.'

'저한테 진짜 잘해줘요.'

결혼을 고민할 때에 상대방의 장점에 집중하기 쉽다. 그런데 오랜 시간 같이 살아가기 위해서는 단점을 알아두는 것이 필요하다. 친구나 연인은 마음에 안 드는 부분이 있어도 쿨하게 넘어갈 수 있고, 눈에 안 보이면 그만이다. 그런데 결혼은 다르다. 절대로 받아들일 수 없는 것을 생각해 보고 상대에게서 그런 모습이 있는지 살펴보자. 사람을 바꾸는 일은 정말 어렵기 때문이다.

나는 술을 많이 마시지 않는 사람과 결혼하고 싶다는 생각을 했다. 술을 많이 마시는 사람에게 데인 적이 있기 때문이다. 아내는 많은 장점이 있지만 술을 잘 마시지도 않았고, 마신다고 해도 분위기를 맞추어 줄 정도만 가볍게 마셨다.

맞추기 어려운 단점을 가진 상대와 맞추는 일은 정말로 어렵다. 상대의 좋은 것만 보고 결혼을 결정하면 싫어하는 모습을 발견했을 때 대처하기 어렵다. 결혼은 30년 이상 다른 삶을 살아오던 사람들의 물리적, 화학적 결합이다. 두 문명이 만나면 충돌이 있듯이 결혼도 마찬가지다. 격한 충돌이 벌어져도 잘 헤쳐 나갈 수 있도록 단점마저도 참아 넘길 수 있는 그런 사람과 함께하기를 바란다.

살다 보면 기세가 좋을 때가 있다.

남들이 부러워할 때

더욱 겸손한 자세를 갖추자.

202
Nektarinen Flach
4,95

시간의
가치

우리는 일과 삶이 분리되지 않는 삶을 살고 있다. 어쩔 때는 업무 이야기로만 대화가 가득 차서 남편이 마치 직장동료처럼 느껴질 때도 있다. 그럴 때면 서운함을 솔직하게 표현하는데 남편은 논리적으로 나를 설득하려 한다.

"나를 사적으로 대하란 말이야!"
"우리 삶은 일과 분리되지 않는 걸 알잖아."

꽁하게 감정을 속에 담아두지 않아서 감정이 솟구칠 때마다 다 털어놓는다. 다행히도 남편은 감정의 파도가 없는 사람이라 서운함을 이야기해도 싸움으로 번지는 경우는 거의 없다. 그 덕분에 우리는 평화로운 관계를 유지할 수 있다.

반대로 그는 논리적인 대화를 좋아한다. 그러나 남녀 사이에서 논리가 무슨 소용이 있을까? 사랑은 논리로 풀 수 없다고 남편을 설득하느라 오랜 시간 애를 먹었다. 시간이 흐르면서 남편은 내 감정에 반응하는 공감 능력을 키워 갔고, 어느새 우리는 서로에게 맞춰 가기 시작했다.

또 눈에 띄게 다른 점이 있다. 결혼 초반에는 혼자서도 잘 지내는 남편이 나를 외롭게 만들 때가 많았다. 지금의 남편은 나보다 더 나를 잘 챙겨주는 사람이 되었다.

어릴 적에 엄마가 준 카드로 사고 싶은 것을 사고, 먹고 싶은 것을 마음껏 누리며 자라서 경제 관념에 떨어지는 편이다. 그랬던 내가 검소한 남편을 만나 돈을 계획적으로 아끼며 사는 법을 배웠다.

그래도 돈을 잘 쓰면 시간을 아낄 수 있다는 것만은 내가 남편에게 알려주었다. 우리는 더 이상 돈에 쫓기며 무리하지 않아도 되었고, 일상에서 작은 여유를 누릴 수 있었다. 여행 후 공항에서 편하게 택시를 타고 집으로 돌아오거나 쉬는 날 카페에서 함께 시간을 보내며 다시는 커피 한 잔 등이 그렇다.

돈을 쓰면서 시간을 아끼는 것, 그리고 그 시간을 더 값지게 사용하는 방법을 깨달은 이후부터 우리는 조금 더 풍족한 삶을 살게 되었고 경제적 안정이 찾아오면서 마음의 여유도 함께 생겨났다.

남편과 나는 서로에게 더 집중하여 업무나 사업으로만 얽혀있던 관계도 더 따뜻한 방향으로 발전했다. 일과 삶의 균형이 조금씩 맞춰지기 시작했고, 우리는 '함께하는 시간'의 진정한 가치를 누리고 있다.

이제는 나보다 더 현명하게 돈을 쓰는 남편의 모습을 보며, 우리가 함께 성장해 온 과정을 되짚어보게 된다. 남편에게 고맙고, 함께 발전해 나가는 시간이 참 소중하다는 것을 깨닫는다.

그렇게 우리 둘은 점점 더 서로를 이해하고 맞춰가며, 결혼이라는 여정을 함께 걸어가고 있다. 이 여유로움 속에서 우리는 조금 더 자유로워졌고, 그 어느 때보다도 빛나고 있다.

세상이 말하는 온갖 위험과 두려움은 우리를 막지 못했다.

두 눈과 두 발로 세상을 경험하고

우리는 비로소 자유로워졌다.

오래된
사이일수록 말해야
하는 것들

"함께라서 좋아."

"함께여서 여기까지 올 수 있었어."

아내는 함께라서 좋다는 말을 자주 해준다. 우리는 여러모로 부족함이 많은 부부고 남들처럼 살지 않은 탓인지 부침도 많았다. 그래도 우리는 그런 삶이 좋았고 한국에 있을 때보다 해외에 나가 있을 때 안도감을 느꼈다. 아마 무한 경쟁 사회에서 스스로 부족한 사람이라고 느끼도록 만드는 분위기 때문일 것이다.

"너는 대박 아니면 쪽박이야."

지인이 농담처럼 한 말이었지만 그 안에 진심이 담겨 있었다. 내가 봐도 삶의 궤적이 순탄치 않았으니까. 하지만 지인의 농담 반 진담 반의 이 말이 큰 자극제가 되었다. 마음속 한 편에 제대로 보여주겠다는 다짐이 자리 잡았다. 그 후로 틈만 나면 친구들과 만나 놀았던 때가 언제인지 기억도 나지 않을 정도로 사람들을 만나지 않았다.

아니 만날 시간이 없었다. 다들 결혼을 하고, 가정이 생기니 예전처럼 놀 수 없었다. 간혹 결혼식이 있으면 가기도 했지만 많은 지인들의 행사에 다 참여할 수도 없었다. 먹고 사는 게 더 중요했기 때문이다.

그렇게 앞만 보고 지냈더니 부모님과 식사할 때 가격을 고려하지 않고 대접할 수 있는 정도가 되었다. 내가 원하고 상상하던 것 이상의 보상들이 따라왔다. 기쁘고 행복했다.

이 모든 성과는 혼자였으면 이뤄낼 수 없었을 것이다. 둘이었기에 인고의 나날을 버틸 수 있었다. 투닥거리는 날도 있었지만 돌이켜 보니 모두 추억이 되었다. 우리는 혼자 일 때 보다 둘일 때 시너지가 폭발한다. 앙금 플라워 공방 창업과 크리에이터 도전까지 혼자였으면 이룰 수 없을 것 같던 일들을 하나씩 해냈다.

오래 함께한 사이일수록 감사의 말을 생략하게 되는 경향이 있다. 서로가 서로를 잘 안다고 생각하기 때문인 것 같다. 감정과 생각은 말로 전해야 알 수 있다. 상대방에게 말하지 않아도 알아달라고 하는 것은 너무나 힘든 일이다. 자신의 감정은 자기가 제일 잘 알기 때문이다.

그래서 아내가 함께여서 좋다고 말할 때마다 우리가 함께했기에 지금까지 올 수 있었다고 대답한다. 진심으로 그렇게 생각한다. 지금보다 더 큰 꿈을 꾸고, 이뤄나갈 미래도 함께이기에 두렵지 않다. '빨리 가려면 혼자 가고, 멀리 가려면 함께 가라'라는 아프리카 속담이 있다. 앞으로도 지금처럼 함께 꿈을 꾸고 현실로 만들어 가는 시간을 보내고 싶다.

의견이
다를지라도

긴 시간을 내내 붙어있었더니 우리는 마치 뇌가 동기화된 것처럼 서로의 생각과 감정을 자연스럽게 알아챌 수 있게 되었다. 소름이 돋을 정도로, 서로 어떤 타이밍에 무슨 생각을 하고 있는지 직감적으로 느껴진다. 하지만 그 동기화의 부작용은 나에게만 나타났다.

남편은 혼자 있는 시간을 즐기는 법을 잘 알고 있었다. 그는 혼자서도 차분하게 시간을 보내며 자신을 충전할 줄 아는 사람이었다. 집에서 혼자 책을 읽거나 영화나 프로그

램을 보며 여유로운 시간을 보내는 모습을 보면 그가 그런 시간을 얼마나 소중하게 여기는지 알 수 있었다.

반면에 나는 혼자 있는 시간이 주어질 때마다 불편하고 어색했다. 결혼 전에는 친구들이 항상 내 곁에 있었고, 사람들과 함께하는 시간 속에서 에너지를 얻었다. 사교적인 성격 덕분에 혼자 있을 필요도 거의 없었으니, 혼자 있는 시간이 익숙하지 않았다.

시간이 지나면서 남편은 친구이자 연인, 때로는 부모 같은 존재가 되어주었다. 그렇게 우리는 둘만 있어도 충분한 관계로 변해갔다. 남편은 인생의 전부가 되었고, 나는 그에게 모든 것을 의지했다.

그렇게 둘만으로도 모든 것이 충족되었지만, 아이에 대한 문제는 다른 이야기였다. 우리는 결혼 전 아이에 대해 깊이 있게 이야기한 적이 없었다. 어릴 때부터 결혼을 하면 당연히 아이를 낳아야 한다고 생각했다. 하지만 남편은 생각이 달랐다. 그는 아이에 대한 생각이 전혀 없었다는 사실을 결혼 후에야 알게 되었다. 처음 아이 이야기를 조심스럽게 꺼냈을 때, 예상하지 못한 남편의 대답에 충격을 받았다.

"아기는 언제쯤 가질까?"

"응? 아기? 나는 아기 갖고 싶지 않은데…."

"왜 이런 이야기를 결혼 전에 하지 않았어?"

"우리가 그런 이야기를 깊이 있게 나눈 적이 없으니까. 지금 당장은 아기를 생각할 여유가 없어. 3년 뒤에 다시 이야기하자. 그때 우리 둘 다 다시 한번 아기를 가질 준비가 됐는지 생각해 보자."

'아기를 원하지 않는다니, 그럼 지금까지 왜 이런 이야기를 하지 않았던 거지?' 하는 서운함과 당혹감에 빠져있을 때 남편은 차분한 목소리로 나를 설득했다. 남편의 대답을 들었을 때는 화가 났지만, 혼자 곰곰이 생각해 보니 그의 말이 옳다는 걸 인정할 수밖에 없었다. 우리 둘은 아직 아기를 가질 준비가 되지 않았다.

우리는 서로의 자유를 소중하게 여기고, 각자의 삶을

살아가고 있었다. 그러니 당장 아기를 맞이할 준비가 되어 있지 않았다는 건 무리였다. 아기가 생긴 후의 모습을 상상해 보고는 그 시간이 오지 않았다는 결론에 도달했다.

당장 아이를 갖는 것보다 서로의 성장에 집중해야 할 때라는 걸 인정할 수밖에 없었다. 꿈과 목표를 향해 더욱 힘을 내서 달려 나가며 서로의 존재로 충만한 시간을 조금 더 누리기로 했다. 언젠가 준비가 되었을 때 맞이할 아이를 기쁘게 기다리면서.

매일매일 치열하게 인생의 담금질하는 시간을 보냈다.
그 덕에 넘어져도 일어날 수 있는 힘을 기를 수 있었다.

만약 힘든 시간을 보내고 있다면
담금질하는 시간이라고 생각해 보면 좋겠다.

불안
총량의
법칙

돈을 벌고 모으는 것에 관심이 많은 나와 달리 아내는 돈을 벌어서 쓰는 것에 관심이 있을 뿐 모으는 것에는 딱히 취미가 없다. 똑같은 만 원짜리 모자를 보아도 비슷한 제품을 더 싸게 구할 방법을 찾는 사람과 필요한 거니 바로 사야 하는 사람이 함께 살고 있으니 투닥거리는 일이 생기는 것은 당연했다.

신혼 초에는 각자 생활비를 냈다. 아내는 공방을 운영하면서 버는 것으로 나는 그동안 모아놓은 돈을 사용했다. 다들 그렇듯 언제나 빠듯한 살림을 잘 꾸려 보려고 애썼다. 생활비가 부족한 상황에서 아내에게 넌지시 말했다.

“우리 지금 상황에서는 조금 더 아껴야 해. 사고 싶은 물건 있어도 조금 참아.”

“내가 벌어서 내가 사는데 왜? 그럼 자기가 더 벌어오면 되잖아.”

“아니! 그런 말이 아니잖아?”

“뭐가 아니야. 생활비가 모자르면 자기가 대리운전이라도 하면 되잖아.”

돈 이야기만 나오면 서로 감정이 상했다. 넉넉지 않은 생활비는 언제나 언쟁으로 이어졌다. 그럴 때마다 돈을 많이 벌어야겠다고 생각했지만 마땅히 방법이 없었다. 새로운 일을 배울 때라 딱히 수입이 없었기 때문이다.

그래도 불안하지 않았다. 이 상황이 내 판단 아래서 관리되고 있다고 생각했기 때문이다. 하지만 아내는 반대였다. 남편이 일정한 수입 없이 모아둔 돈으로 생활비를 내는 것과 매일 일해도 빠듯하게 지내는 상황이 불안했다고 고백했다.

한국에서의 일을 다 정리하고 세계 여행을 떠났을 때 우리 수중에 있던 돈은 3천만 원이 전부였다. 돈 쓰는 일은 너무 쉬웠고 잔고가 줄어들 때마다 내 마음도 철렁했다.

"돈이 너무 빨리 줄어든다. 아껴야 더 여행을 할 수 있겠는데?"

"돈 다 떨어지면 한국 가서 일하면 되는 거 아니야?"

아내의 말에 할 말을 잃었다. 아끼고 아껴서 여행을 오래 하고 싶다는 나와 그때그때 먹고 싶은 걸 먹고 사고 싶은 물건을 사야 하는 아내의 입장 차는 좁혀지지 않았다. 똑같은 돈과 관련된 상황이었지만 신혼 초와 여행 중 우리의 감정은 180도 달랐다.

사람들마다 불안을 느끼는 상황이 다 다를 것이다. 우리가 딱 그랬다.

둘 다 비슷한 상황에서 불안해하거나 너무 낙관적으

로 생각하면 우리가 여기까지 올 수 있었을까 싶다. 한 사람이 불안하면 다른 한 사람이 중심을 잡아주는 역할을 했다.

함께하는 동안 이런저런 일들이 있었지만 우리 손으로 작은 것이라도 이룰 수 있었던 것은 불안 총량의 법칙이 있어서 아닐까 싶다. 혼자라면 불안에 지쳐 새로운 일에 거침없이 도전할 수 없었을지도 모른다. 둘이라서 불안을 이겨내고 중심을 잡으며 한 걸음 더 나아갈 수 있었다.

믿고
기다려 주는
사람

앙금 플라워 떡케이크 공방을 오픈해서 정신이 없을 때 남자 친구는 좋은 직장에 들어갔음에도 퇴사를 했다. 그 무렵, 신혼부부를 위한 LH 행복주택 추첨 공지를 발견했고 설마 되겠어 하는 마음으로 신청서를 넣었다. 남자 친구의 이직 준비는 곧 성공할 것 같았지만, 그 과정은 예상보다 길어져 1년이 넘어가고 있었다. 무직 상태로 점점 지쳐가는 그의 모습을 볼 때마다 너무나도 가슴 아팠다.

그동안 공방은 점점 더 잘 되어서 확장 이전까지 하게

되었다. 그러던 어느 날, 잊고 지냈던 행복주택에 당첨되었다는 소식을 들었다. 입주 조건은 간단했다. 일정 기간 내에 혼인 신고를 하거나 결혼식을 올려야 한다는 것. 보증금도 우리가 감당할 수 있는 수준이었다. 무엇보다 부모님 도움 없이 결혼을 준비할 수 있다는 생각에 기쁘기만 했다.

하지만 남자 친구에게는 결혼이 현실적인 부담으로 다가왔던 것 같다. 그럼에도 불구하고 그를 믿고 기다리며 당첨의 기쁨을 온전히 누리기로 했다. 행복주택에 당첨된 지 몇 달이 흐른 어느 날, 남자 친구가 갑자기 이직 준비를 멈추고 MC가 되고 싶다고 말했다. 그 순간의 당황스러움은 아직도 생생하다.

3개월 뒤면 혼인 신고를 하고 신혼 집에 입주해야 하고, 6개월 뒤에는 결혼식이 예정되어 있는데, 갑자기 MC라니. 그 말을 이해하기도 전에 남자 친구는 나의 방어막을 한순간에 무너뜨리는 말을 꺼냈다.

"나는 내 신용을 빌려서라도 널 응원했는데, 넌 날 응원해 줄 수 없겠니?"

그 순간 자신을 돌아보게 되었다. 나는 평범하지 않으면서도 평범하고 안정적인 남편을 바란 것이 아닌가. 그때 마음을 다잡았다. 그저 믿음과 사랑으로 다시 한번 그의 꿈을 응원하기로 결심했다.

'그래, 끝까지 응원해 주자. 내가 열심히 뒷바라지할 테니, MC계의 유재석이 되어라!'

남자 친구는 MC 스승님을 따라 험난한 엔터테인먼트 업계에 뛰어들었다. 우리는 그 시간 동안 혼인 신고를 하고, 행복주택에 입주하며 자연스럽게 결혼했다. 스튜디오 촬영은 생략하고 셀프로 사진을 찍었고, 결혼식장은 대관료 없는 곳에서 간소하게 끝냈다. 신혼집은 11평 남짓, 보증금을 내고 남은 돈으로 가전과 가구를 알뜰하게 마련했다.

사실 결혼 자체는 큰 사건이 아니었다. 호주에서 24시간 함께 지냈던 그 시간이 오히려 가장 달콤한 신혼 생활처럼 느껴졌기 때문이다. 결혼했다고 해서 크게 달라진 건 없었다. 하지만 시간이 흐르면서 남편에게서 꿈꾸던 이상적인 모습과 조금씩 어긋나는 부분들이 눈에 들어오기 시작했다.

결혼 후, 남편은 일을 배우느라 늦게 들어오는 날이 많았다. 8개월 동안 도제식 교육을 받느라 수입은 없었다. 남편이 경제적으로 부담을 주지 않으려 노력했지만, 실질적인 경제활동을 온전히 감당하는 상황이었다. 나는 가장의 책임감을 짊어지고 무너지면 안 된다는 압박감을 크게 느꼈다.

남편은 생활비를 반반씩 모아 부담하자고 했지만, 나는 점점 불안해졌다. 이렇게 살다가는 영원히 행복주택을 벗어나지 못할 것 같은 불안감에 사로잡혔다. 그 불안감이 불만으로 터져 나올 때마다 나는 참지 못하고 남편에게 말하곤 했다.

"이건 내가 꿈꾸던 결혼 생활이 아니야. 왜 내가 혼자 가장이어야 해? 언제까지 이렇게 살아야 해?"

"왜 네가 가장이야? 우리 생활비 반반씩 모아서 생활하고 있잖아."

남편의 대답에도 불안과 부담은 점점 커졌다. 남편을 응원하면서도, 경제적 책임이 나 혼자에게 전가된 듯한 기분을 느꼈다.

가장의 무게는 생각보다 무거웠고, 그 무게는 점점 나를 짓눌렀다. 남편이 아무리 나를 이해하려 해도, 혼자서 집안의 모든 책임을 혼자 감당해야 한다는 생각에서 헤어나오지 못했다.

그러던 중 남편에게 사건이 터졌고 결국 그는 일을 그만두게 되었다. 8개월 간의 경험이 남편에게는 소중한 시간이었을지 모르지만, 그를 믿고 열심히 응원하던 나에게는 실망감이 해일처럼 몰려왔다. 하지만 누구보다 남편의 상실감이 더 클 것을 알았기에 유튜브를 해보라고 말했다.

“너는 더 큰 사람이 될 수 있어. 차라리 유튜브를 통해 너를 알려보는 건 어때?”

이왕 남편을 믿고 응원해 주기로 했으니 끝까지 해보기로 했다. 결혼해서 살다 보면 때때로 가장 가까운 사람의 초라한 모습을 보게 될 수도 있다. 그래도 자신이 선택한 사람을 한 번만 더 믿어주자. 그 믿음으로 힘을 얻어 다시 훨훨 날아오를 모습을 마주하게 될 테니까.

현재의 나는 지금까지 한 경험의 집합이다.
많이 경험하고, 느끼고, 생각해야만 깨닫는 것이 있다.
많은 경험은 우리의 삶을 훨씬 풍성하게 만들어 준다.

부메랑처럼 되돌아오는

한 TV 프로그램에서 유재석이 맛있는 탕수육을 먹다가 아내에게 전화하는 장면을 본 적 있다. 이 장면을 보면서 건강한 부부의 모습을 깨달았다. 좋은 것을 혼자 먹고, 누리는 것이 아니라 가장 가까운 배우자와 나누고 공유하는 것이다.

결혼 전에는 맛있는 게 있으면 혼자 많이 먹었다. 대학 진학 후 바로 독립을 해서 맛있는 걸 먹을 때 부모님을 떠올린 적도 별로 없었다.

그런데 결혼 후에 생각이 달라졌다. 이제는 맛있는 것

을 먹으면 아내가 먼저 생각난다. 물론 부모님도 생각난다. 왜 좋은 걸 보면 사랑하는 사람과 나누고 싶어질까?

심리학에서는 긍정적인 경험을 다른 사람과 공유함으로써 그 경험이 더 의미 있고 강화된다고 설명한다. 나눔을 통해 행복이 더 커질 수 있다는 것이다. 내가 한 입 덜 먹어도 타인에게 한 입 더 주는 것이 행복과 연관되어 있다는 의미다.

더불어 인간은 사회적 동물로서 다른 사람과 공감하고 연결되고자 하는 본능적인 욕구를 가지고 있다. 좋은 것을 경험할 때, 다른 사람과 그 경험을 공유함으로써 더욱 강한 유대감을 형성하고, 서로에게 더 가까워진다.

사람은 혼자 살아갈 수 없다. 다른 사람과의 연결을 통해 나를 발견하고, 존재 의미를 다시 확인한다. 나 역시 혼자 지낼 때보다 아내와 함께하며 좋은 것을 나눌 때, 보상받는 느낌을 받는다. 나눔의 욕구는 우리 관계를 더 깊고 풍부하게 만들어 주는 중요한 요소다. 마하마트 간디는 이런 말을 했다.

"너의 삶은 네가 주는 것에 대한 것이다."

이 말이 부부 사이뿐만 아니라 인간관계와 일터에서도 통용되는 좋은 격언이라 생각한다. 사실 인간에게는 나눔의 본능도 있지만 다른 한 편으로는 나누기 싫은 본능도 있다. 나눠준다는 것은 경제적, 시간적 여유를 다른 사람에게 이전하는 행위다. 가지고 있는 것을 줄여야 한다. 그러나 내어주지 않으면 결코 돌아오는 것은 없다.

간디는 삶의 본질이 우리가 나누고 베푸는 것에 있다는 점을 강조한다. 나눔이 개인적인 만족을 넘어, 사회와 인류 전체의 번영을 위해 필수적이라고 보았다. 간디는 남아공에서 변호사로 일할 때 인도인과 흑인들이 겪는 차별을 목격하고, 그들의 고통에 공감했다. 그는 가만히 있지 않고 자신의 안락한 삶을 포기한 채 차별받는 사람들을 위해 싸웠다.

우리 모두가 간디가 될 수도 없고 먹고 살기도 팍팍한데 인류 번영에 대해서 고민할 시간도 없다. 하지만 가정과 삶에서 가까운 사람에게 나눔을 실천하는 일은 쉽다. 상대에게 웃음을 주면 웃음이 돌아온다. 하지만 짜증을 주면 어김없이 짜증이 돌아온다. 짜증을 냈을 때 웃음이 돌아오는 경우는 거의 없다. 인간이라면 당연히 짜증보다는 웃음을 더 사랑한다.

그래서 아내와 투닥거릴 때도 최대한 언성을 높이지 않고 이성적으로 이야기하려고 노력한다. 목소리가 높아지고 격앙되면 부메랑처럼 부정적인 감정이 되돌아오기 쉽다. 상대방에게 좋은 대우를 받고 싶다면 나도 그렇게 하면 된다.

'좋은 걸 보고 나누고 싶은 사람이 많을수록 행복한 인생 아닐까?'

IYZ-9796

진심을 담는다는 것

미국의 전설적인 방송인이자 자선가인 오프라 윈프리가 한 말이 있다. 그녀의 말을 살짝 바꾸어 결혼 생활을 설명하고 싶다.

'진정성은 결혼 생활의 전부다.'

유아기 때는 부모가 전부다. 부모의 돌봄 없이는 살 수 없고 부모의 헌신 덕분에 아이가 자란다. 청소년기와 대학에 진학한 후에는 친구들이 전부다. 부모와 함께하는 시간보다 친구와 함께하는 시간이 많아진다. 가족 여행은 안 가도 친구와는 놀러 간다. 사회생활을 시작하면 회사 사람들이 전부가 된다. 밥벌이를 위한 공간에서 만났지만 어느새 친구가 되고 가족이 된다.

돌이켜 보면 하루 중 시간을 가장 많이 보내는 곳에서 만나는 사람들이 가장 중요한 것 같다. 서로 영향을 주고받으면서 성장하기 때문이다.

결혼 후에는 배우자가 전부가 된다. 한 TV프로그램에서 배우 황정민과 송강호에게 가장 가까운 사람이 누구냐 물으니 배우자라고 답한 것이 결코 우연이 아니라 생각한다. 가정이 생기고 나이가 들어갈수록, 일과 사람에 치일수록 점점 가족을 찾게 된다. 그중 배우자만큼 좋은 이야기 상대가 없다. 시시콜콜한 일부터 심각한 일까지 모든 이야기를 나눌 수 있다.

배우자를 진정성 있게 대하는 것이 결혼 생활의 중요한 토대이다. 거짓으로 쌓은 탑은 모래성과 같아 쉽게 무너진다. 우리는 24시간 함께 생활하고 있어 서로에게 거짓이 있을 수 없는 환경이다. 그래서 서로를 의심하거나 속이는 데에 시간 낭비할 필요가 없서 좋다.

한 번은 나의 말투와 태도가 그녀가 느꼈을 때 평소와 달라 화나게 한 적이 있었다.

"밥 먹었어?"
"어. 안 먹어도 돼."

평소와 다름없이 답했는데 아내는 왜 건성으로 대답하냐며 따져 물었다. 항상 함께 지내니 사소한 변화도 금세 알아차린다. 나 역시 마찬가지다. 아내의 말투에 진심이 담겨 있는지 바로 느낄 수 있다.

왜 진정성 있는 태도가 중요할까? 진정성이 부족하면 서로의 감정과 생각을 솔직하게 표현하지 않게 되어 신뢰가 약해진다. 두 번째는 갈등 상황에서 문제를 회피하지 않고 서로의 감정를 공유하여 문제의 원인을 함께 해결할 수 있기 때문이다. 마지막으로 진정성 있는 태도는 정서적 건강과 육체적 건강에도 긍정적인 영향을 미친다. 스트레스와 불안감을 줄여준다.

말은 너무 쉽다. 하지만 진심으로 상대방에게 고마워하고, 사랑하는 마음을 표현하는 것은 쉽지 않다. 하루 이틀만 사는 것이 아니라 평생을 매일 부딪치며 살아야 하기 때문이다. 타인을 대하듯 배우자를 대해야 한다. 남에게는 깍듯하게 예의를 차리면서 배우자에게는 진정성 없이 대하는 건 참 바보 같은 짓이다.

'가화만사성'이라는 고사성어를 참 좋아한다. 집안이 화목하면 모든 일이 잘 이루어진다는 말처럼 아무리 큰 성공을 거두어도 집안이 화목하지 않으면 무슨 소용이 있을까. 기억하자. 화목한 가정은 배우자를 향한 진정성 있는 태도에서 시작된다.

삶에서 가장 중요한 가치는 사랑이라 믿는다.

부모님의 사랑은 중심이 흔들리거나 좌절할 때 버팀목이 되어 주었다.

사랑하는 사람이 주는 애정은 우리를 일으켜 세운다.

세상 풍파에 아무리 힘들어도

사랑하는 사람의 품에 기댈 수 있다면 그걸로 충분하다.

어디서든
부르면 나타나는
해결사

남편은 언제나 나의 해결사다. 어떤 문제에 부딪힐 때마다 그는 늘 침착하게 해결책을 찾아낸다. 마치 기다렸다는 듯이 등장해 고민하는 크고 작은 문제들을 하나하나 해결해주곤 한다. 남편과 함께라면 어떤 문제든 헤쳐 나갈 수 있을 거라는 확신이 든다.

우리가 함께 살아가면서 직면한 수많은 일상 속의 문제는 남편의 도움이 없었더라면 해결하기 훨씬 더 버거웠을 것이다. 예상치 못한 가전제품의 고장이나 재정적인 문제, 계획을 세우는 일까지 어떤 상황에서도 남편이 함께라면 그저 하나의 과정일 뿐이라는 생각이 든다. 가끔 나는 농담처럼 말하곤 한다.

"나는 이제 오빠 없으면 못 살 거 같은데, 오빠는 나 없어도 잘 살 거 같아."

"그도 그래."

남편의 대답에는 한 치의 망설임도 없다. 그의 태도는 언제나 유머가 있고, 차분하면서도 흔들림이 없다. 내가 감정적으로 흔들릴 때도 마찬가지다. 사업을 하면서 사람에게 받는 스트레스로 감정이 요동칠 때, 그는 항상 나를 다독이며 중심을 잡아주었다. 그의 차분한 대응 덕분에 격렬한 감정의 폭풍 속에서도 안정을 찾을 수 있었다.

그리고 그런 그의 태도를 보며 깨달았다. 혼자서 문제를 끌어안고 고민하느라 힘들어할 필요가 없다는 것을. 털어놓고 함께 해결책을 찾으면 오히려 더 빠르고 현명한 결정을 내릴 수 있다는 것을. 결혼 후에 남편이 나에게 준 큰 선물은 안정감이다.

언제나 거대할 것 같았던 아버지의 건강 상태가 악화될 때마 아버지를 찾아가는 일이 잦아졌다. 병원에 자주 모시고 가게 되었고, 그럴 때마다 나는 마음이 무거워졌다. 촬영을 위해 키우는 강아지를 친정에 맡기러 가서 아버지의 얼굴을 한 번 보고, 촬영이 끝나면 다시 강아지를 데리러 가서 아버지를 또 한 번 보곤 했다. 이런 반복은 생각보다 지치는 일이었다.

어느 날 남편이 부모님을 모시고 살면 어떻겠냐고 제안했다. 우리가 부모님과 함께 사는 건 나로서도 큰 부담이었다. 그래서 처음에는 단호히 거절했고, 부모님도 마찬가지로 부담스럽다며 거절하셨다.

하지만 한 달도 채 지나지 않아 아버지의 건강 상태는 빠르게 악화되었고, 엄마가 아버지를 혼자 감당하기에는 버거워졌다. 그제야 부모님과 같이 살아야겠다는 생각이 들었다.

남편이 한발 앞서 합가를 제안했던 그 순간, 그가 나를 위해 얼마나 큰 결정을 내렸는지 알기에 정말 고마웠다. 지금 우리는 부모님과 함께 살고 있다. 늘 나를 배려해주는 남편에게 더 잘해야겠다는 다짐을 하며, 그의 따뜻한 마음에 감사한다.

우리는 함께함으로써 더 나은 삶을 살고, 행복한 인생을 이루어가고 있다. 남편 덕분에 삶의 큰 문제들을 넘겼고, 그 덕에 하루하루의 소소한 문제들마저도 수월하게 해결할 수 있었다. 남편은 단순한 배우자가 아니라 든든한 동반자이자, 내 인생의 해결사다.

Chapter 3

진짜 × 인생을 × 살기 위해

고집을 내려놓다

해외 생활을 마치고 한국에 들어와 첫 번째 데이트를 하는 날이었다. 귀국 후 각자의 집에서 쉬다 한국에서 처음 만나는 날이라 설렜다. 나름 멋있게 차려 입고 데이트 장소인 여의도로 나갔다. 먼발치에서 걸어오는 여자 친구의 눈빛이 어딘가 이상했다. 마치 낯선 사람을 본 듯한 표정이었다. 왜 그런 표정을 짓는지 그때는 전혀 몰랐다.

식당에 들어가 밥을 먹으며 이런저런 이야기를 나누었다. 그동안 24시간 매일 붙어있었는 데도 한국에 들어와

며칠 떨어져 있었다고 살짝 어색한 기류가 흘렀다. 그래도 밥이 들어가니 분위기가 자연스레 풀렸다. 여자 친구는 자연스러운 분위기를 호시탐탐 기다리고 있었던 것처럼 단도직입적으로 말했다.

"자기야, 그 옷 버려. 내가 하나 사줄게."

처음부터 재킷이 마음에 안 들었나 보다. 나름 잘 보이려고 입고 간 옷이었는데 색상도 맞지 않고 팔도 짧다며 버리라고 했다. 처음에는 당연히 농담인 줄 알았다. 다음부터는 입지 않겠다며 웃으며 넘겼다. 밥을 다 먹고 가까운 쇼핑몰로 데이트 장소를 옮겼다. 여자 친구가 웃으며 말했다.

"재킷 벗어."
"어?"
"재킷 벗으라고."
"장난치지 마."

"진짜로 벗어. 하나 사줄게."

마치 귀신에 홀린 듯 겨자색 야상을 벗어 여자 친구에게 넘겨주었다. 그녀는 야상을 받자마자 돌돌 말아 옆에 있던 쓰레기통에 휙 던졌다. 속이 시원하다는 듯 밝게 웃던 그 표정이 아직도 잊히지 않는다. 당황해서 멀뚱히 서 있는 나를 데리고 남성 의류매장에 들어가 정말로 재킷을 사주었다. 옷을 선물 받았는데 기분이 마냥 좋지만은 않았다. 반면에 새 옷을 입은 나를 보는 그녀는 너무나 흡족해했다.

겨자색 재킷 폐기 데이트 이후 몇 주가 지나서 여자 친구가 집에 놀러 왔다. 좁은 자취방의 한쪽에는 2단 행거에 옷이 쫙 걸려 있었고 맞은 편에는 책상과 의자 그리고 프레임 없는 침대가 있었다. 그녀는 의자에 앉아 행거를 바라보며 들릴 듯 말 듯한 목소리로 말했다.

"버릴 거 많네…."

그 때는 앞으로 닥칠 일은 모른 채 뭔가 오싹하면서 웃기기만 했다. 갑자기 여자 친구가 행거에 걸려 있던 옷들을 하나씩 꺼내기 시작했다. 그중엔 아끼는 옷도 있었다. 사람마다 그런 옷들 있지 않은가? 남들이 뭐라 해도 예쁘다고 생각하는 그런 옷들 말이다. 아끼는 옷까지 버려질 위기에 놓이자 할 말을 잃었다. 내 반응과 상관 없이 행거의 절반 가까이를 비우고 나서야 그녀의 옷 사냥은 마무리되었다.

병 주고 약 준다고 했던가? 여자 친구는 그때 블로그 체험단 활동을 하고 있었고 옷이 없는 나를 위해 온갖 남성 의류 체험단을 신청했다. 그러고는 맞춤 셔츠를 스무 장이나 선물해 주었다. 사진 찍고 글 쓰는 일이 결코 쉽지 않은 일인데 정말 고마웠다.

그녀의 옷 사냥과 맞춤 셔츠 덕분일까? 한국에 들어오자마자 운 좋게 바로 취업을 할 수 있었다. 패션 취향을 부정당해 자존심은 조금 상했지만 좋은 결과 앞에서 아무런 불만을 제기할 수 없었다. 이때부터였을까? 아내가 하는 말을 잘 들을 수밖에 없는 사람이 된 것은….

지금에서야 알게 된 것들

이제야 털어놓는 말이지만 적은 예산으로 준비한 결혼식이 조금은 부끄럽기도 하고, 와주신 주변분들에게 죄송하기도 했다. 하지만 돌이켜보니 부족해도 그때 결혼하길 잘 했다는 생각이 든다.

최근에 나온 기사를 보니 88년생 남자의 40% 정도만 결혼을 했다고 한다. 동거만 하는 경우도 많고, 결혼식을 올렸어도 혼인 신고를 하지 않는 경우도 많아서 정확하지는 않을지 모른다. 그래도 30대 중반 남성의 절반 이상이 결혼하지 않는다는 통계는 결혼이 예전처럼 당연히 해야 하는 일이 아니라는 걸 보여준다.

결혼 전에는 걱정이 끝도 없었다. 결혼식부터 시작해서, 집은 어떻게 하며 혼수는 어떻게 하지 같은 끝없는 고민이 나를 괴롭혔다. 하지만 지나고 보니 다 기우였다. 가지고 있는 것으로 시작하고 조금씩 채워나가는 것으로도 충분했다.

이제와서 곰곰이 생각해 보니 결혼 전까지는 나도 모르게 사회에 비춰지는 모습과 사람들의 시선을 의식하고 있었던 것 같다.

부모님 이야기를 들어보면 단칸방에서 시작해 조금씩 집도 넓혀가고, 세간살이도 하나씩 늘렸다고 한다. 아마 풍족한 상태에서 자란 덕에 결혼도 모자람 없이 해야 한다는 무의식적인 강박을 가지고 있었던 것 같다.

결혼을 하고 보니 모든 것을 갖추고 시작해야만 행복한 결혼 보장되는 것은 아니었다. 아내와 합심해서 한마음으로 앞으로 나아가는 힘이 넓은 집 보다 중요하다는 것을 뒤늦게 깨달았다.

많이 가지고 있지 않기에 작은 것에도 감사했다. 수입이 적었기에 돈을 아끼면서 사는 법을 배웠고 외식을 자주 할 수 없으니 요리를 직접 했다. 우리가 특히 좋아하는 메뉴는 김치제육볶음이었다. 할인 마트에서 사 온 대용량 대패삼겹살과 장모님이 주신 김치를 함께 볶아내면 맛있는 술안주이자 푸짐한 반찬이 되었다. 형편이 조금 나아진 요즘에는 김치제육볶음을 먹을 때마다 그때의 우리가 생각난다. 신혼의 알콩달콩함은 소소한 것에도 행복을 느끼는 것이 아닐까 싶다.

작은 임대아파트에서 시작했지만 둘이 누울 수 있는 공간이 있다는 것에 진심으로 기뻤다. 누군가에게는 초라해 보였을지도 모른다. 그러나 그 시간을 함께 보낸 우리는 더 단단해졌다. 어떤 어려움이 닥쳐도 이겨낼 수 있다는 믿음이 생겼다. 최근에 아내에게 짓궂은 질문을 한 적이 있다.

"지금 가지고 있는 걸 다 잃으면 어떨까?"

"다시 하면 되지 뭐."

대수롭지 않게 대답한 아내의 말처럼 둘이 힘을 합쳐서 한 걸음씩 나아가면 조금은 늦을지언정 못 이룰 것이 없다는 생각이 든다. 우리에게 가장 큰 재산은 함께한 시간이자 경험이 되었다. 서로를 의지하며 부족함을 극복하는 시간은 부부에게 큰 힘이 된다. 다시 생각해도 결혼을 미루지 않고 한 것이 참 잘한 일인 것 같다.

부족함은 열정의 원천이었다.

부족했기에 갈망했고, 결국 이뤄냈다.

부족함은 부끄러움이 아니라 성장을 위한 발판이었다.

새로운
시작을
위해

모든 친구가 취업 전선에 뛰어들던 시기에 타지에서 외국인 노동자로 강도 높은 8~12시간의 반복 노동을 했다. 그 경험을 기반 삼아 한국으로 돌아가면 사회의 압박에 휩쓸리지 않고, 진정으로 좋아하는 일이 무엇인지 찾기로 마음먹었다.

호주 워킹홀리데이를 마치고 모은 돈으로 지금은 남편이 된 당시 남자 친구와 60일간의 세계 여행을 했다. 한국에서 자리를 잡으려 하니 굳은 결심이 무색하게도 압박감에 금세 잡아먹혔다. 남자 친구는 빠르게 취업을 준비했고

운 좋게 좋은 회사에 들어갔다. 그 당시 24살이었던 나는 악기를 다시 잡고 싶지도 않았고, 직장생활은 잘 해낼 자신이 없었다. 그래서 이것저것 배우기 시작했다. 베이킹, 플로리스트 방향제 만들기, 강아지 옷 제작, 목공까지. 직업이 되어도 즐거울 수 있는 일을 찾아다녔다.

'아직 나이도 어린데, 호주에서 자리 잡고 살아보는 게 더 낫지 않을까?'

그러던 중 문득 호주에 있을 때 네일아트 디자이너로 한국인을 선호했던 게 떠올랐다. 지체없이 서점에서 네일아트 자격증 관련 문제집을 사서 집으로 가던 길에 우연히 어머니 친구분을 마주쳤다. 커피를 한 잔 마시며 이런 저런 이야기를 나누다 고민하는 문제를 말씀드렸다. 그분은 핸드폰을 꺼내 요즘 이런 게 인기라며 앙금 플라워 떡케이크를 보여주셨다. 그러더니 동사무소 문화센터로 가서 수업을 등록해주셨다.

바로 다음 날 첫 수업을 들었고, 곧바로 앙금 플라워

떡케이크의 매력에 빠져들었다. 더 제대로 배우고 싶다는 마음이 들어 정식으로 수업하는 곳을 찾아보았다. 그 당시 전문가 수업의 수강료는 총 8주 과정에 2백만 원이었다.

호주에서 배운 가장 큰 것은 부모님께 손을 벌리지 않게 되었다는 점이었다. 소공장에서 열심히 모은 돈을 부모님께 새 김치냉장고를 선물해드리고, 남자 친구와 여행을 하는 데 사용했다. 그러고나니 통장에는 당분간 쓸 용돈 정도만 겨우 남아있었다. 가벼운 지갑 사정에 수강료 2백만 원은 정말 큰돈이었다.

한번 하고 싶은 게 생기면 반드시 실행에 옮겨야 직성이 풀리는 성격이라 고민 끝에 집안이 넉넉한 음대 동기에게 전화를 걸었다. 지금 생각해 보면 무슨 배짱으로 그랬는지 모르겠다. 친구에게 상황을 솔직하게 설명했다.

"배우고 싶은 게 생겼는데, 수강료가 2백만 원이야. 기술을 배우고 나면 바로 창업할 계획이고, 그때 대출을 받아 갚을게. 시간은 조금 걸려도 꼭 갚을게. 혹시 돈을 빌려

줄 수 있겠니?"

간절한 마음이 전해졌는지, 친구는 주저 없이 돈을 빌려주겠다고 했다. 그렇게 빌린 돈으로 수업을 들었다. 남자 친구는 갓 입사한 회사 생활에 열심이었고, 나는 8주간의 수업에 몰두하며 한국에서의 삶에 적응해 나가고 있었다.

4주 정도 수업을 들었을 때쯤, 창업에 대한 확신이 들었다. 하지만 창업을 하려면 돈이 필요했고, 준비를 어디서부터 어떻게 시작해야 할지 막막했다. 고민하고 있을 때 남자 친구가 해준 말이 아직도 잊히지 않는다.

"돈이 없어서 꿈을 포기하는 건 너무 슬픈 일인 것 같아. 너의 꿈을 응원하고 싶어. 내가 직장인 대출로 돈을 빌려줄게. 공방 창업에 도전해 볼래?"

이 선택이 인생의 전환점이 되었다. 그때 그는 무슨 생각으로, 또 무엇을 믿고 2천만 원이나 대출받아 주겠다고 했을까. 가끔 투닥거리고 나면 '그때 2천만 원 받고 튀었어야 했나?'라는 농담 섞인 말을 하곤 하지만, 아직도 그때 그 말에 담긴 신뢰와 사랑에 감사하다.

얼마 뒤 정말로 대출은 실행되었고, 2천만 원이 통장에 꽂혔다. 그 순간 나는 사업자가 되었다. 지금 생각해 보면, 남편은 인생에서 '저점 매수'를 가장 잘한 사람일지도 모른다. 무언가를 실행하려면 실행력도 중요하지만, 그것을 옆에서 믿어주고 뒷받침해주는 조력자가 반드시 필요하다는 것을 그때 크게 깨달았다. 사랑하는 사람에게 그런 지원을 받았다는 사실은 내게 큰 힘이 되었다.

가만히 앉아서 생각만 해서는 아무 일도 일어나지 않는다. 부딪히고 행동하다 보면, 길은 반드시 생긴다. 비록 처음에는 막막할지라도, 실천하는 사람에게는 방법이 따라오게 마련이다. 꿈은 그렇게 시작되고 이뤄진다.

초초함은 눈을 가린다

MC 일을 배우다 그만두고는 크리에이터를 해보겠다고 집에 있었다. 주말에 돌잔치 MC 아르바이트 빼고는 다른 일은 없었고 유튜브에 영상을 올려도 수익은 없었다. 지금 생각해 보면 너무 무모한 도전이었다. 남들이 다 하는 음식 리뷰나 브이로그를 찍으면서 유명해지기를 바랐다.

주문과 수업 때문에 일주일내내 새벽에 출근해서 오후 늦게 퇴근하는 아내는 웃음을 잃어 갔다. 집에 오면 씻지도 않고 소파에 누워 몇 시간 동안 멍하니 핸드폰만 보기 일쑤였다. 격무에 심신이 지친 아내는 모든 것을 놓고 떠나고 싶다고 했다.

호주 워킹홀리데이가 끝난 후 유럽과 미국을 2달 동안 여행했었다. 그때 너무 좋았다며 다시 떠나자고 했다. 가진 것이 없었던 터라 떠나는 것도 어렵지 않았다. 아내가 운영하고 있던 공방을 정리하니 보증금과 권리금을 합쳐 3천만 원이 나왔다. 3천만 원으로 얼마나 여행을 할 수 있을지 가늠이 안 되지었지만 그래도 떠난다는 생각에 설렜다.

여행을 하면서 크리에이터에 계속 도전하기로 했다. 부부 여행 크리에이터로서 성공하고 싶은 마음이 내심 있었던 것 같다. 이 상황을 벗어나려면 올린 영상이 대박 나는 길 밖에는 없다고 생각했다.

아내는 결혼 전부터 쉼 없이 3년간 운영해 오던 공방을 접었으니 마음 편히 쉬고 싶어 했다. 출연은 하지만 촬영, 편집 등에는 관여하지 않겠다고 선언 했다. 그때는 내가 중심이 되어 촬영하고, 편집하면 된다고 쉽게 생각했다.

세계 여행을 시작하며 필리핀 어학연수가 꿈이었던 아내와 함께 세부에서 2달 동안 어학연수를 했다. 어학연수

비에 숙소와 식사 비용이 포함되어 있기에 어학원 친구들과 함께 있을 때는 돈을 아끼지 않았다. 스쿠버 다이빙 자격증도 취득하고, 맛있는 음식도 먹었다. 모처럼 나온 해외에서의 시간은 꿈만 같았다. 돈을 아끼는 편이지만 가끔은 돈에 얽매이지 않고 쓰는 시간이 필요하다고 생각이 들 정도였다.

영어로 말하는 걸 두려워했던 아내도 말문이 트였고 즐거운 시간은 빨리 흘렀다. 돈도 시간처럼 빠르게 떨어졌다. 한 달에 3백만 원씩 쓰면 열 달은 여행 할 수 있거라 생각했지만 현실은 가혹했다. 두 달 동안 거의 1천만 원 정도를 썼다. 우리에게 남은 돈은 2천만 원이 전부였다.

2개월 동안의 필리핀 어학연수를 마치고 그리스를 시작으로 세계여행을 시작했다. 여행하며 콘텐츠를 찍는 일은 쉽지 않았다. 여행도 아니고 일도 아닌 그 애매한 경계선에 걸쳐 있었다. 그렇다고 영상을 안 찍으면 마음이 불안했다. 불안한 마음을 잠재우기 위해 항상 액션카메라를 들고 다니며 찍었다.

그렇게 영상을 찍었는데 안타깝게도 영상의 조회수는 나오지 않았다. 돈과 시간을 들여서 찍고, 편집하는데 성과가 나질 않으니 도통 신이 나지 않았다. 여행도 제대로 즐기지 못하면서 어쭙잖게 일만 하는 꼴이 되어버렸다. 유튜브는 잘 안되고, 돈은 떨어져 가고 초조해졌다.

"돈 떨어지면 다시 일해서 돈 벌면 되지 않나?"

불안한 기색도 없이 태평해 보이는 아내와 다르게 미래가 불안하니 현재에 집중하지 못했다. 지금 생각해 보면 그 시기의 영상에는 부족한 것이 너무 많았다. 빠른 시간 내에 성공하고 싶었던 건 그저 욕심이었다.

이때 안 좋은 상황에서는 좋은 판단이 나오기 어렵다는 큰 교훈을 얻었다. 제한된 기간 내에 좋은 성과를 내야 한다는 부담감이 판단력을 흐리게 했다. 자극적이고, 잘 되는 것들만 따라 하는 성급한 판단을 내렸다.

인정해야 했다. 우리에게는 카메라도 들지 않고 온전히 쉬는 시간이 간절했다. 3천만 원을 다 썼을 때쯤 우리는 태국으로 갔다. 쉬면서 생각해 보니 내가 올린 콘텐츠에는 성급한 욕심과 준비 부족이 다 드러나고 있었다.

문득 여행 떠나기 전 우리가 준비해 놓은 것이 생각났다. 여행 중 돈이 떨어지면 뉴질랜드로 가서 일을 해보자는 생각에 워킹홀리데이 비자를 받아놓았다.

이대로 아무런 성과 없이 한국에 들어가긴 싫었다. 호주 워킹홀리데이 경험이 있으니 뉴질랜드에서 돈을 벌면서 크리에이터에 도전하면 승산이 있을 것 같았다. 결국 우리는 뉴질랜드 오클랜드행 비행기 티켓을 끊었다.

싸우지 않는 법

늦은 밤, 뉴질랜드 오클랜드에 도착한 우리는 공항에서부터 날카로웠다. 기억조차 나지 않는 사소한 일로 시작된 의견 충돌은 감정싸움으로 번졌다. 서로의 말투나 표정이 계속 거슬리는 그런 날이었다. 결정을 내리고 찾아왔지만 다시 낯선 나라에서 일을 해야 한다는 압박이 우리를 예민하게 만들었다.

준비는 해두었지만 워킹홀리데이가 현실이 될 것이라고 생각하지 못했던 것도 가라앉은 기분에 한몫했던 것 같다. 공항 밖을 나오니 이미 어둡고, 비바람이 치고 있었다.

마치 우리 사이 같았다. 서로 아무 말도 없이 시내로 가는 버스에 탔다.

어두워서 잘 보이지 길이 내 마음 같았다. 시내에 도착해서 백팩커스(배낭여행자들을 위한 저렴한 숙소)까지 가는 길도 냉랭했다. 우여곡절 끝에 캐리어를 끌고 숙소에 도착해서 방에 들어가니 프레임도 없이 매트리스 두 개가 덩그러니 놓여있었다. 마치 뉴질랜드에 떨어진 우리 같았다.

짐을 풀 힘도 없어서 그대로 침대에 누웠다. 어떻게 하면 이 분위기를 풀 수 있을까 생각했지만 아무런 생각이 나질 않았다. 일단 한숨 푹 자고 내일 이야기하고 싶었다. 씻지도 않고 눈을 감고 있으려니 갑자기 미치도록 한국에 가고 싶었다. 호주 워킹홀리데이에서 일했던 생각이 떠오르면서 그 고생을 다시 겪어야 한다니 너무 막막했다. 아내에게 말을 건넸다.

"우리 한국 갈까?"

"여기까지 왔는데 일하고 돈 벌어서 가야지."

"그냥 한국 가서 다시 시작해 보자."

"아니야. 그래도 뉴질랜드에서 좀 해볼래."

이야기를 나누고 나니 마음이 편해졌다. 이 먼 남반구 뉴질랜드에서 둘밖에 없는데 꽁해 있으면 아무것도 할 수 없었다. 문제를 해결하는 가장 좋은 방법은 대화라는 것을 다시 한 번 깨닫게 되었다. 별것 아닌 이야기로 시작해서 쌓여 있던 감정이 해결되니 기분이 나아졌다.

사실 크리에이터로서 성과는 나지 않고, 통장의 잔고는 줄어드는 것을 지켜보면서 불안했었다. 그리고 뉴질랜드에서 일을 한다면 몸이 너무 고될 것 같다는 생각도 하고 있었다. 반면 아내는 우리 상황에 대해 깊이 고민하지 않았다. '하면 되지'라는 마인드로 쿨하게 넘어간다. 이런 상황이 반복되니 나도 모르게 쌓여 있던 감정들이 있었던 것 같다. 탁 터놓고 이야기를 나누니 꽉 막혀있던 마음이 한결 편해졌다.

가끔씩 싸우면 상대방과 말도 섞기 싫어질 때가 있다. 싸움의 정도나 깊이는 때에 따라 다를 수 있지만 의견 충돌은 언제든 생길 수 있다. 그럴 때마다 생각한다. 싸우지 않는 것보다 중요한 것은 싸움을 어떻게 해결하느냐라는 것을. 대화를 나누다 보면 싸움은 점차 서로를 이해하는 시간으로 바뀐다.

상대방을 바꾸려고 하기 보다는 이해하는 것이 행복한 결혼 생활의 비법이다. 아직도 아내가 이해되지 않는 순간을 만난다. 예를 들면 옷을 옷걸이에 걸어놓지 않는다던가, 약을 먹고 약봉지를 쓰레기통에 버리지 않는다던가 하는 등의 행동이다. 아무리 말해도 고쳐지지 않으니 말할 때마다 싸움이 된다. 이야기해 보면 일부러 하는 행동은 아니었다. 그래서 이해하기로 마음먹었다. 내가 한 번 더 옷걸이에 걸고, 다 먹은 약봉지가 보이면 쓰레기통에 버리니 다툼이 사라졌다.

배려한다는 것은 서로를 조금 더 이해하고 상대방 입장에서 생각해 주는 일이라 생각한다. 다른 사람의 입장에서 생각하는 일은 어렵지만 평소에 타인에게 하는 배려라고 생각하면 어렵지 않다.

어떤 사람들을 보면 가까운 사람에게 막하고, 모르는 사람에게 친절한 경우도 있다. 가장 가까운 사람에게 모르는 사람 대하듯 예의를 갖추고 대하면 아마 싸우는 일이 절반은 줄어들지 않을까 생각한다.

단조로움이
주는
만족감

뉴질랜드로 두 번째 워킹홀리데이를 와서 반복되는 일상이 주는 행복을 깨달았다. 뉴질랜드 워킹홀리데이는 순조로웠다. 호주에서 한 번 경험해 본 터라 생활이나 구직에 어려움이 없었다. 호주와 뉴질랜드는 다른 나라지만 사용하는 언어도 같고, 생활방식이 전반적으로 비슷해서 낯설지 않았다.

워킹홀리데이에서 가장 중요한 건 일자리다. 안정적인 일자리를 찾아 오클랜드에서 35km 떨어진 드루리라는 지역의 홍합 공장에 일을 구했다. 공장은 일이 힘든 만큼 안정적이고 급여도 높았다.

공장에서 구해준 오래된 목조 쉐어하우스에 짐을 풀었다. 둘이서 한방을 쓰는데 일주일에 20만 원 정도의 돈을 내야 했지만 울며 겨자 먹기로 승낙했다. 낯선 지역에서 집을 알아보고 구하는 일이 결코 쉽지 않기 때문이다.

오래된 목조주택과 카페트에서 나는 퀴퀴한 냄새가 호주 워킹홀리데이 기억을 상기시켰다. 매일 새벽 5시에 출근하여 12시간씩 근무하던 시절이 떠올랐다. 육가공 공장 일은 육체적으로 고되었지만 반복되는 날들 속에서 성취감을 느꼈다. 그리고 함께 지내는 동료들과 여자 친구가 있어 웃으면서 잘 이겨냈다. 이번에도 그럴 수 있으리란 막연한 희망도 생겼다.

그 때에 비해 홍합 공장의 일은 어렵지 않았다. 삶아진 홍합들이 컨베이어벨트를 따라 쭉 늘어져서 오면 셀 수도 없이 많은 홍합을 하나씩 집어 한쪽 껍질을 벗겨내는 작업을 한다. 빈껍데기는 쓰레기통으로, 알맹이가 붙어있는 껍데기는 보관용 통으로 담는다. 보관용 통 입구에는 레이저가 설치되어 있어서 홍합을 넣을 때마다 카운팅이 되었다. 하나 깔 때마다 한국 돈으로 11원을 벌었다.

처음엔 서툴러서 우리 둘 다 많이 까지 못했다. 시간이 갈수록 생활에 익숙해졌고 손재주가 좋은 아내는 점점 속도가 빨라졌다. 나중에는 3년 차 선배들만큼 홍합을 많이 깠다. 뉴질랜드 생활 끝날 때쯤에는 이민 권유를 받을 정도였다.

매일 쳇바퀴 같은 하루에서 오히려 성취감을 느꼈다. 사람은 할 일이 있을 때 삶이 고양된다는 것을 다시금 깨달았다. 몸은 고되지만 마음은 뿌듯했다.

홍합을 까고 있던 어느 날 하고 싶은 일을 하면서 살아야겠다고 다짐했던 날이 있었다. 왜인지는 모르겠다. 누구나 먹고 살기 위해 일을 한다. 어차피 해야 할 일을 조금 더 마음이 설레는 사람들과 교류하며 사랑받는 일을 하고 싶었다.

지금은 사람들에게 웃음을 주고 사랑받는 일을 하고 있다. 참 신기한 일이다. 인생이 뜻대로만 되는 것도 아니지만 마음만 먹으면 못 할 일도 없다. 언제나 도전 앞에서 가장 중요한 건 '마음먹는 일'이다.

UBD128
RUNG
NAK
SAPA

어떤 일이든 가장 처음 하는 일은 마음먹기다.

마음은 생각이 되고,
생각은 현실이 된다고 믿는다.

겁도 없이
떠난
길

우리는 겁도 없이 3천만 원을 들고 세계여행을 떠났다. 필리핀에서 어학연수를 마치고 그리스와 여러 나라를 여행했다. 어학연수 기간 동안 출근 스트레스나 인간관계에서 오는 부담을 완전히 내려놓을 수 있었다.

오로지 영어 공부에만 집중했고, 주말에는 남편과 함께 영상 촬영을 하며 여행을 즐겼다. 그 순간들은 정말로 행복했다. 마치 그동안 열심히 일한 나에게 주는 소중한 선물 같았다. 돈 걱정은 없었다. 아니, 하고 싶지 않았다.

남편에게는 여행하면서 크리에이터에 도전해 보라고 말했지만 내겐 단순히 휴식이 더 절실했다.

그때의 영상 속에서 나는 마치 조연처럼 잠깐씩등장한다. 그 시절에는 남편이 혼자서 멋지게 성공하는 모습을 보고 싶었던 것 같다. 마치 어릴 적 존경했던 아버지처럼. 남편은 여행하는 틈틈히 영상을 찍고, 편집까지 해내려 애썼지만 모든 과정이 쉽지 않았다. 영상의 반응은 기대에 미치지 못했고, 그는 고군분투했다. 한 걸음 떨어져서 남편을 지켜보며 그의 꿈이 이루어지기를, 그리고 나는 온전한 휴식을 누리기를 바랐다.

여행을 시작한 지 2~3개월이 지나자, 예상했던 대로 가진 돈은 점점 줄어들었다. 처음엔 설렘으로 가득했던 순간들이 일상이 되어버렸고, 마치 한계효용의 법칙처럼 그 즐거움도 희미해졌다. 그리고 그때부터 우리 사이에 작은 갈등이 생겨났다. 남편은 신중하게 계획을 세우고 정보력에 강한 편이다. 그러나 그의 지나친 신중함이 고민을 키워버릴 때가 많았다. 어느 날, 남편이 걱정스러운 얼굴로 말했다.

"우리 이대로 가면 1년도 못 채우고 여행이 끝나버릴 거야."

"괜찮아, 하다 보면 어떻게든 방법이 생기겠지! 너무 걱정하지 마."

나는 지나치게 낙천적이었지만, 이상하게도 우리가 절대 굶어 죽진 않을 거라는 믿음이 있었다. 그래도 돈이 떨어지고 있어 남편이 걱정하니까 '어떻게 하면 여행하면서 돈을 벌 수 있을까?'라는 고민을 했다. 곧바로 해외에서 일거리를 찾기 시작했다. 남편의 걱정과 나의 낙관이 부딪히는 순간에도, 우리는 각자의 방식으로 돌파구를 찾아 나갔다.

그때 우연히 인터넷에서 에어비앤비 크레딧 이벤트를 발견했다. 추천 코드를 공유하고, 그 코드를 통해 누군가가 에어비앤비를 이용하면 일정 금액이 적립되는 시스템이었다. 적립금은 에어비앤비를 이용할 때 사용할 수 있었다.

나는 상위 1% 파워 블로그를 운영하고 있었기에, 블로그에 추천 코드를 포함한 글을 올렸고, 한 달 만에 수백만 원의 크레딧이 쌓였다. 그 덕분에 숙소비 걱정 없이 몇 달 더 여행을 이어갈 수 있었다.

3천만 원이라는 돈은 8개월 만에 흔적도 없이 사라졌다. 그 다음에는 미리 신청해 두었던 뉴질랜드 워킹홀리데이 비자를 꺼내 들었다. 한국에서 결혼도 하고, 사업도 하며 한껏 성장한 뒤 떠난 두 번째 워킹홀리데이는 첫 번째와는 전혀 다른 느낌이었다. 남은 돈이 바닥난 상태라 어쩔 수 없다는 마음으로 일을 했다.

홍합 하나를 깔 때마다 받는 돈은 고작 11원. 만 개 이상을 깠을 때에야 돈이 되었다. 만 개 이하로 까면 시급으로 받는 구조였다. 하루에 최소 만 오천 개는 까야 제대로 된 수입을 올릴 수 있었다.

칼을 잡고 하루 종일 홍합을 깐다는 건 정말이지 미칠 노릇이었다. 일이 끝나면 손가락 마디마디가 쑤시고, 손이 떨렸다. 그런데도 특유의 생활력을 발휘해 2주가 지나자,

10년 경력의 아주머니들 사이에서 만 오천 개를 거뜬히 까고 있었다. 남편은 가끔 갓 쪄낸 홍합을 몰래 먹으며 여유를 부리다가 만 개 이하로 깐 날이 많았다. 결국 시급으로 주급을 받는 일이 잦았고, 나는 미친 듯이 홍합을 까다 보니 남편보다 훨씬 더 벌었다.

우리는 번 돈 모두를 합쳐 생활비로 모으고 있었는데 이상하게도, 여전히 내가 생활비를 더 많이 내는 상황이 싫었다. 스스로 느끼기에도 너무 치사한데 감정은 가라앉지 않아 미칠 노릇이었다. 그래서 남편에게 더 벌어온 만큼 내 몫을 요구해 야무지게 챙겼다.

물론 그렇다고 그 돈을 따로 쓰는 것도 아니었다. 그저 저축을 더 할 뿐이었다. 사실은 너도 좀 열심히 하라는 의미를 가득 담은 객기였다.

가끔 제일 사랑하는 사람에게 치사하게 굴고 싶을 때가 있다. 사랑하면 마냥 너그러워질 줄 알았는데 사소한 일에 기분이 상해 객기를 부리고 말았다. 24시간 붙어있는 가장 가까운 사람이라도 내 마음을 온전히 헤아릴 수는 없다. 떠올려 보면 추억이지만 그 시절 한 번 더 서로의 마음을 이해하려 애쓰는 여유가 우리에게 있었다면 더 행복한 기억이 되었을까 하는 생각이 든다.

여유로운 사람이 되고 싶다.

따뜻한 말 한마디 건넬 줄 아는 사람.

맛있는 밥 한 끼 살 수 있는 사람.

시시콜콜한 이야기에 공감할 수 있는 사람.

그런 사람이 되고 싶다.

바라고
바라던
성공

뉴질랜드에서 한국에 돌아와 앞으로 무얼 먹고 사나 고민하던 어느 날 아내가 이야기했다.

"우리 함께 공방을 운영하면 어때? 그러면 아무래도 내가 덜 부담스러울 것 같아."

신선한 제안이었다. 아내는 기술을 가르치고 나는 공방 운영과 창업에 관련된 정보들을 교육하면 어떻겠냐는 것이었다. 머릿속에 번개가 치며 뭔가 될 것 같은 느낌이 들었다. 가진 돈이 없었기에 사업자 대출을 알아보았고 우리는 겁도 없이 수천만 원을 대출받아서 재창업에 도전했다.

돈이 한정적이었기 때문에 비싸고 멋진 신축 상가 대신 약간은 후미지고, 작은 공간들을 찾아다녔다. 운 좋게 부천에 보증금 500만 원에 월세 40만 원짜리 상가를 계약했다. 자본금이 적을 때는 고정비를 줄이는 게 중요하다는 것을 알고 있었기에 가능한 일이었다. 이어서 인테리어는 돈이 많이 들어가니 꼭 필요한 것들만 설치했다. 주방, 냉난방기, 간판, 그리고 조명까지. 이렇게 하니 운영비 500만 원 정도만 남고 모든 것을 해결할 수 있었다.

대출을 받고, 공방을 준비하는 동안 코로나는 점점 심해져 갔다. 주위에서 다들 걱정하며 괜찮겠냐고 물어왔다. 우리는 간절한 마음으로 어떻게 하면 공방을 잘 오픈하고, 이끌어 나갈 수 있을지만 고민했다. 큰 성공은 바라지도 않고 그저 둘이 먹고 살 만큼만 벌었으면 하는 마음이었다.

당연히 오픈 초반부터 장사가 잘되진 않았다. 운 좋게도 우리가 오픈한 지역에 앙금 플라워 떡케이크 공방이 없어서 서서히 손님들이 찾아오기 시작했다. 기존에 운영하고 있던 SNS로 홍보도 열심히 했다. 이전에 공방을 운영하던 아내를 기억하고 있던 분들이 수업을 받고 싶어 기다렸다며 찾아왔다. 우리는 일주일 내내 출근하며 앙금 플라워 수업과 떡케이크 판매를 병행했다. 나는 도라지정과 만드는 법을 배워 틈새 매출을 늘렸다.

열심히 한 만큼 사람들이 많이 찾아주었다. 나중에는 수강생이 많아져 대기가 걸릴 정도였다. 조금 더 넓은 공간이 필요했고 멀리서 오시는 분들이 찾아오기 편하도록 위치를 옮길 이유가 생겼다.

아내가 먼저 부천에 있던 공방을 서울로 옮기자고 했다. 3년 정도 운영하면서 한 지역에 자리 잡았는데 위치를 옮기는 것은 쉽지 않은 일이었다. 하지만 모든 일에는 때가 있다. 지금이 바로 그 때라는 생각이 들었다. 부천 공방을 팔고, 서울에 새로운 공방을 계약했다. 뉴질랜드에서 한국에 들어온 지 3년이 채 되지 않았을 때였다.

이전 후에도 많은 분들이 찾아주셨다. 판매와 병행하

지 못할 정도로 수업 문의가 많아 케이크 판매를 하지 않게 되었다. 수업이 유명해지자 전국에서 공방을 찾아오기 시작했다. 서울로 옮기길 잘했다는 생각이 들었다.

둘이 먹고 살 정도로만 벌면 좋겠다고 시작한 공방이지만 하루하루 열심히 살다 보니 꿈보다 더 큰 것들을 이루게 되었다. 행복주택에서 30평대 전셋집으로 이사하고 부천에 있는 8평 공방에서 서울에 있는 20평 공방으로 이전했다. 작은 경차는 승용차로 바뀌었다. 마음먹고 성실하게 살면 '내가 원하는 것보다 큰 것도 이뤄낼 수 있구나'라고 깨달은 순간이었다.

그 후로 누군가 새로운 도전을 고민하면 적극적으로 지지하게 되었다. 마음먹고 3년 정도 열심히 하면 무엇이든지 이뤄낼 수 있다는 것을 몸으로 겪었기 때문이다. 도전을 망설이고 있다면 꼭 한 번은 부딪혀 보라고 말하고 싶다. 3년만 몰입하면 그 뒤에는 다른 세상이 펼쳐진다는 것을 느껴보기를.

운이 좋았다.

모든 일이 우리의 노력만으로 이룬 것이 아님을.

항상 감사한 마음을 가질 수밖에 없는 이유다.

말을 잘 들으면 자다가도 떡이 나온다

'뉴질랜드에서 이렇게 일하며 사느니 차라리 한국에 돌아가 다시 사업을 시작하는 게 낫지 않을까?'

뉴질랜드의 홍합 공장에서 일한 지 두 달 정도가 지났다. 문득 뉴질랜드에 있을 필요가 있는지 의문이 들었다. 남편에게 친한 지인의 결혼식 참석을 핑계삼아 한국으로 돌아가자고 제안했다. 진짜 이유는 단순했다. 뉴질랜드에서의 생활이 한계에 다다른 것처럼 느껴졌고, 차라리 한국에서 다시 시작하는 것이 더 나을 것 같았다. 이제 또 다른 선택의 기로에 서 있었다.

우리는 뉴질랜드에서 돈을 모아 동남아로 떠나기로 계획을 세워두었다. 남편은 친한 지인의 결혼식 때문에 그 계획이 틀어지는 것을 내심 불편해했다. 하지만 나는 더 이상 뉴질랜드에서 머무는 것이 시간 낭비처럼 느껴졌고 한국으로 돌아가자고 설득했다. 결국 한국행을 선택했고 도착하자마자 코로나가 터졌다. 정말 운이 좋았다.

만약 뉴질랜드에 계속 머물렀다면 어땠을까? 상상만 해도 끔찍하다. 뉴질랜드에 남아있던 친구들의 이야기를 들어보니, 코로나로 인해 모든 공장이 멈추고 일자리가 끊겼으며, 한국으로 돌아오는 비행편도 없어 비싼 전세기를 타고 귀국해야 했다고 했다.

돌아보면 남편과 함께했던 시간은 단순한 여행 이상의 의미가 있었다. 처음 호주 워킹홀리데이에서 만났을 때부터 연애와 사업, 결혼, 세계 여행까지 이어지는 과정에서 우리는 서로 다른 삶을 살았다. 끊임없이 부딪히고 깨졌지만 그 과정에서 서로를 이해하고, 함께라는 단어의 진정한 의미를 배웠다. 한국으로 돌아온 후, 나는 다시 남편에게 제안했다.

"앙금 플라워 떡케이크 사업을 함께해 보는 게 어때? 오빠가 실무를 맡고, 나는 수업을 진행하는 거야. 이 분야는 아직 체계적으로 운영하는 곳이 없으니, 우리가 협회를 만들어 교육 사업을 본격적으로 시작해 보자."

주변에서는 코로나라는 위기 속에서 사업을 시작하는 우리의 결정에 우려의 시선을 보냈다. 하지만 걱정과는 달리, 코로나로 인해 많은 사람들이 일자리를 잃었고, 자영업에 도전하려는 사람들이 늘어났다. 그 덕분에 우리가 준비한 앙금 플라워 교육 사업은 뜻밖의 대성공을 거두었다.

우리가 여행에 쏟아부었던 시간만큼, 열심히 일하며 다시 자리를 잡겠다는 다짐으로 3년을 쉼 없이 달렸다.

함께 일하며 서로의 강점이 더해지면, 우리는 무적이 된다. 남편의 성실함과 지혜, 실무 능력에 나의 추진력과 센스, 흐름을 읽는 능력이 만나 완벽한 조화를 이뤄냈다.

되돌아보면, 그 시간이 얼마나 대단했는지 새삼 느낀다. 새벽 5시에 출근해 떡을 찌고 주문받은 케이크를 만들었다. 수업이 있을 때는 4~5시간 동안 집중적으로 수강생을 가르쳤다. 수업이 끝난 후에도 밤늦게까지 다음 날 준비할 꽃을 만들고, 퇴근 후에는 블로그 홍보 글을 작성하며 하루를 마무리했다.

매일같이 이어진 고된 일정 속에서 느꼈던 성취감은 참으로 값진 경험으로 남았다. 한 번쯤 미친듯이 열심히 살아봤으면 좋겠다. 젊어서 고생은 사서도 한다는 말이 있듯이 지금 다시 하라고 하면 절대 못할 것 같지만 그 시간이 인생을 살아가는 데에 큰 자산이 되었다.

멈출 때를 아는 용기

집이 넓어지고, 경제적 여유가 생기니 놀랍게도 마음의 여유도 찾아왔다. 3년간의 노력 끝에 전국에서 수강생들이 찾아오자 나는 확신에 찬 목소리로 남편에게 말했다.

"우리 본원을 서울에 옮겨야 할 것 같아."

"천천히 생각해 보자."

"아니야. 일단 가야 해!"

남편은 부천의 저렴한 월세를 생각하며 주저했다. 서

울로 이사하면 월세가 네 배는 뛰어오를 터였다. 쉽지 않은 결정이라는 것을 알고 있었다. 하지만 한 번 마음먹은 건 해야만 하는 내 의지를 꺾을 수 없었던 남편은 결국 서울로 자리를 알아보러 나섰고, 한 달 만에 서울에 공방을 계약했다. 본원을 서울로 옮기자 더 많은 수강생들이 몰려들었다.

돈은 더 많이 벌었지만 기술을 가르치고 사람을 책임지는 일에서 엄청난 스트레스를 받았다. 4년간 스트레스를 견디며 어떻게든 버텼지만, 결국 몸이 반응하기 시작했다. 제발 쉬라고 몸이 아우성을 치는 것 같았다.

어느 날 한쪽 귀가 갑자기 먹먹해지며 잘 안 들리기 시작했다. 사실 증상이 나타나기 전부터 여러 번 그만두고 싶다고 울부짖었고 공황장애까지 겪었지만, 남편은 심각하게 받아들이지 않았다. 마치 행복주택 시절을 기억하지 못한 채, 배부른 소리나 한다고 여기는 것 같았다.

"남들도 다 참고 일하는 거야. 돈 버는 게 쉬운 일이 아니잖아."

남편은 완벽한 대문자 T처럼 단호하게 말했다. 그 말은 몸이 조금 고되다고 유난을 떠는 사람인 것처럼 느껴지게 했다. 그의 그 단호한 태도에 예전 행복주택에서 느꼈던 고립감이 다시금 떠올랐다.

우리는 함께 일하고 있었지만, 메인 플레이어는 항상 나였다. 내가 없으면 공방은 돌아가지 않았다. 수업도 운영도 모두 내가 중심이었다. 그 속에서 점점 더 외로워지는 반면 그는 만족스러운 듯 마냥 행복해 보였다. 하지만 나는 이미 한계에 다다른 상태였고, 몸은 경고를 보내기 시작했다.

'이 행복이 과연 얼마나 지속될 수 있을까?'

가끔은 유난이어도 몸의 신호를 들어주어야 할 때가 있다. 남들도 다 힘든 거 참으면서 살아가는 건데 더 버틸 수 있지 않냐는 주변의 소리보다 내 몸과 마음의 신호에 귀를 더 기울여야 한다. 때를 놓치면 건강과 행복을 모두 잃는 무서운 일이 벌어질지도 모르니까. 사업을 확장하는 것은 추진력이 필요한 일이었지만 그만두는 것은 그보다 더 큰 용기가 필요한 일이었다. 무너지기 전에 멈추는 결단이 필요한 순간, 당신만을 생각하며 주저하지 않기를 바란다.

신호의 어긋남

결혼하고 살다 보면 서로 생각이 다를 때가 있다. 그럴 때마다 어느 한쪽의 의견으로만 기울어지는 것이 좋다고 생각하지 않는다. 사안마다 더 좋은 의견이 있을 수 있기 때문이다. 우리는 그런 면에서 서로의 의중을 잘 파악하고 조금 더 민감하게 서로를 느끼는 것 같다.

우리가 서로의 신호를 민감하게 알아차릴 때까지 정말 많은 다툼과 대화의 시간이 필요했다. 똑같은 목적지를 향해서 갈 때 왼쪽과 오른쪽 길이 있다고 치자. 왼쪽 길은 물이 있고, 오른쪽 길은 산이 있다. 사람에 따라 물을 건너가는 게 산을 오르는 것보다 쉽다고 생각할 수 있고, 반대도 마찬가지다. 방법에 대한 의견의 차이는 언제든 생길 수 있다. 우리가 그랬다.

우리 둘의 의견이 가장 부딪히는 지점은 경제적인 부분이다. 나는 항상 한정된 예산 내에서 아끼는 편이고 일단 쓰고 그다음을 생각한다. 삶의 방식이 다양한 만큼 어떤 것이 옳고 그르다고 말할 순 없다. 하지만 서로 다른 생각이 부딪히니 결론이 잘 나지 않았다. 서로를 이해시켜야 하는데 사고방식이 다르니 이해 자체가 안 되는 것이다. 때로는 의견 차이가 극으로 치달을 때도 있었다.

"내가 번 돈 내가 쓰는데 뭐!"

하루는 아내가 자신이 번 돈을 막 쓰고 싶다고 했다. 명품 가방도 사고, 좋은 옷도 사고 싶다고 했다. 기억조차 나지 않는 별것 아닌 기분 나쁜 일 때문에 감정이 격해져서 아내는 여러 불만을 토로했다. 우리는 한창 돈을 모아야 하는 시기라고 논리적으로 설득하려고 했지만 아내는 한참을 씩씩거리며 돈을 쓰겠다고 엄포를 놓았다.

그저 그녀의 감정이 기다렸다. 두 시간 정도 지나니 화가 가라앉는게 느껴졌고 다시 대화를 이어갔다.

이제 결혼 7년 차, 만난 지 10년이 지났다. 그동안 끊임없이 부딪힌 덕분에 의견을 조율하는 능력이 쌓였다. 긴 시간이 쌓인 만큼 이제는 예전만큼 큰 트러블이 생기지 않는다. 서로가 다르다는 것을 충분히 이해하고 받아들였기 때문이다.

부부는 그 어떤 관계보다 제일 가깝고 볼꼴 못볼꼴 다 볼 수밖에 없는 사이다. 사랑과 배려로 좋은 감정만 쌓을 수 있다면 좋겠지만 그게 마음처럼 순탄치만은 않다. 어쩔 땐 그 누구보다도 밉기도 하다. 그럴 땐 상대의 입장이 되어보려고 노력한다.

'상대방은 저번에도 똑같은 일에 똑같이 화를 냈지. 그

러면 이런 부분은 내가 더 조심해야겠다.'

물론 쉽지는 않다. 화가 나면 내 입장을 주장하는 것이 더 중요하기 때문이다. 그렇기 때문에 노력이 필요한 것 같다. 서로의 신호를 민감하게 알아차리려는 노력이 관계를 긍정적이고 자유롭게 만들어 준다.

모든 것에는 배울 점이 있다

'부부끼리 매일 붙어있으면 안 싸워요?'

부부가 함께 일한다고 하면 이 질문을 가장 많이 받지 않을까. 부부가 하루종일 함께하는 것에 부러움을 느끼기 전에 안 싸우는지 물어본다는 게 참 재밌기도 하고 신기하기도 하다. 곰곰이 생각해 보면 그럴 수도 있겠다 싶었다. 많은 부부가 아침에 눈 뜨면 아침밥도 같이 못 먹고 일터로 흩어졌다가 에너지가 방전된 채 저녁에 집에서 만난다.

저녁밥을 같이 먹으면 다행이고, 야근이나 회식으로 그렇지 못한 날도 많다고 들었다.

하루종일 붙어있으니 물론 아웅다웅할 때도 있다. 사람과 사람이 만나서 지지고 볶는데 의견이 계속 같을 수는 없으니까 말이다. 하지만 싸우는 빈도가 결혼 초에 비하면 현저히 줄어들었다.

'왜 저렇게 밉게 행동하지? 왜 저렇게 빈정대는 말투로 말하지? 왜 저렇게 부정적으로 생각하지?'

아내의 이해할 수 없는 말과 행동에 상처받아 슬프거나 힘들 때도 있었다. 그럴 때마다 우리는 서로를 이해하고 다름을 받아들이기 위해 대화를 많이 나눴다. 대화를 하다 밤을 꼴딱 샌 적도 있다. 30년을 다르게 살아왔으니 당연한 일이라고 생각했지만 그때 그 시절로 돌아가라고 한다면 못할 것 같다. 서로를 받아들이기 위해 치열하게 애쓴 시간이었다.

어떤 사람과 대화하다 마치 벽과 대화하는 것 같이 막히는 기분이 들 때가 있다. 그럴 때 어떻게 하는가? 막무가내로 상대방에게 나의 의견을 주장하는가? 아니면 상대 의견을 차분히 듣고 대화로 이야기를 이끌어 가는가?

우리는 서로를 이해할 때까지 의견을 들어주는 편이다. 상당히 오랜 시간 대화를 하다가 지치기도 하고, 조율이 잘 안될 때도 있었다. 그래도 여기까지 온 걸 보면 우리 방식이 틀리진 않았던 것 같다.

연인 사이도 비슷하다고 생각하지만 어쨌든 두 사람이 길게 대화를 나누다 보면 때때로 말꼬투리를 잡고 싸우는 일이 생긴다. 그럴 때에는 어떤 주제로 대화를 시작하게 되었는지 되짚고 다시 이야기를 하는 게 좋다.

서로의 생각과 감정을 속 시원하게 털어놓으면 심각했던 분위기가 조금씩 풀리고, 얼어붙은 마음이 녹는다. 우리의 경우는 분위기가 조금 부드러워지면 서로 웃기려고 장난을 치면서 심각한 상황이 마무리된다.

다시 매일 붙어있는데 안 싸우냐는 질문으로 돌아가

면 그런 질문에 이렇게 답하고 싶다. 싸우지만 공동의 목표를 위해 깊은 대화를 나누는 일이지 서로에 대한 악감정만으로 싸우는 건 아니라고 말이다.

부부가 싸우지 않는다는 것은 서로에 대해 정확히 모르는 상태라는 말을 들은 적이 있다. 싸울 땐 감정도 격해지고, 말도 이상하리만큼 함부로 내뱉을 때도 있으니까. 그래도 부부 사이에 싸우는 일이 꼭 나쁜 것만은 아닌 것 같다. 서로에 대해 조금 더 알아가고, 이해하는 과정이라 생각하면 치열하게 부딪힌만큼 관계가 성숙해지는 결과를 가져다줄 테니 말이다.

모든 인연은 때가 있다.

부모님도, 친구도, 연인도 결국 끝이 있다.

헤어짐이 있으니 만남이 의미가 있다.

언젠가 헤어질지라도 함께하는 시간만큼은 최선을 다하자.

오랜
행복의
비결

"내가 엉뚱해?"

"엉뚱함을 수치로 매긴다면 자기는 200%야."

그 대답에 우리는 항상 깔깔 웃음을 터뜨린다. 연애부터 결혼까지 10년이라는 긴 시간을 함께했는 데도, 우리는 여전히 서로를 웃기고 싶어 한다. 마치 둘만의 작은 무대에서 서로에게 개그맨이 되려는 것처럼. 이런 모습들이 우리를 더 특별하게 만드는 것 같다.

시간이 흐르면서 많은 것이 변할 수도 있지만, 이상하

게도 우리 둘 사이의 웃음은 여전히 변하지 않는다. 서로를 웃기고 싶은 마음, 그 마음은 여전히 처음 만났을 때처럼 신선하다.

어느 지역을 방문할 때면 남편은 항상 특유의 농담을 던진다.

"자기가 인천 원탑이야."
"자기가 부산 원탑이지."
"서울에 오니까 역시 자기가 서울 원탑이네!"

이렇게 지역 이름 옆에 '원탑'이라는 말을 붙여가며 나를 칭찬한다. 그 지역에서 내가 가장 예쁘다는 뜻이다. 남편이 진심으로 하는 말인지 확신할 수는 없지만, 그 말속에서 남편의 다정한 마음이 느껴진다. 진심이든 아니든, 아직까지도 그런 말을 해주는 남편이 고맙기만 하다. 그의 농담 속에 사랑과 애정이 담겨 있다는 걸 알기에, 그 말을 들을 때마다 나도 모르게 미소가 지어진다.

오랜 시간을 함께했음에도, 남편은 여전히 나에게 예쁘다고 말해준다. 그리고 그 말을 들으며 스스로를 가꾸는 법을 배워가고 있다. 결혼은 단순히 사랑만으로 유지되지 않는다. 끊임없는 관심과 노력이 필요하다.

남편이 던지는 작은 칭찬이 더 나은 사람이 되고자 하는 원동력이 되듯, 작은 변화와 노력이 관계를 더욱 단단하게 만들어 준다. 가끔은 정말로 그의 눈에 내가 그렇게 예뻐 보이는지 의심이 들 때도 있지만, 남편의 다정한 시선과 미소를 보면 진심이든 농담이든 그 순간만큼은 내가 가장 특별한 사람처럼 느껴진다.

결혼 생활 속에서 서로를 존중하고 소중하게 여기는 방법은 사실 이렇게 사소한 순간들에서 비롯된다. 나를 '원탑'이라 불러주는 남편의 농담이 단순한 말 한마디를 넘어서 관계의 한 축을 이루는 중요한 고리가 되고 있다.

이런 모습이 결혼 생활에서 진정한 사랑을 실천하는 과정이 아닐까 싶다.

때때로 남편에게 귀찮은 요구나 다소 무리한 부탁을 하기도 한다. 예를 들면 남편에게 갑자기 늦은 시간에 투정을 부리거나 억지를 부리는 식이다.

"배고파, 뭐 맛있는 거 만들어 줄래?"
"불 좀 꺼줄래?"

이런 요구가 귀찮을 수 있는 데도 남편은 그런 상황에서도 화를 내거나 짜증을 부리지 않고, 특유의 유머로 나를 웃게 만든다.

"오늘따라 왜 이렇게 귀염성을 떨지?"

남편이 이렇게 장난스럽게 말하면, 그 순간 웃음이 터지고 만다. 짜증이나 불만이 생길 수 있는 상황에서도 이 한마디로 분위기가 완전히 바뀌어 버린다. 남편의 유머는 마치 마법처럼 억지 요구도 귀엽게 만들어버린다.

부부 사이에는 각자만의 웃음 포인트가 있기 마련이다. 우리 부부에게는 이 '귀염성'이라는 말이 그런 역할을 한다.

말 한마디가 분위기를 전환시키는 힘을 가지고 있다. 짜증 날 수 있는 상황도 작은 유머는 웃음꽃이 피는 순간으로 바꾸어 놓는다. 마치 서로의 기분이 상할 수 있는 위험한 순간을 유머로 지혜롭게 넘기는 것이다.

결국 작은 유머와 웃음이 그 어떤 고급스러운 대화보다 관계를 유지하는 더 강력한 무기일지도 모른다. 서로의 요구나 다툼이 생길 수 있는 상황에서 웃음으로 바꾸는 능력은 우리가 더 오래도록 행복하게 함께할 수 있는 비결 중 하나인 듯하다.

Chapter 4

힘이 × 되는 × 존재

우리는
어떻게
살고 싶은가

'웃겨야 산다.'

우리 집 거실에 붙어있는 월간 캘린더에 써놓은 표어다. 우리 영상의 강점은 평범한 30대 부부가 일상생활을 하며 벌어지는 소소한 일들이 공감과 웃음을 이끌어내는 것이라고 생각한다.

누구나 찍을 수 있는 영상은 아무도 보지 않으니 우리가 생각하는 재밌는 것들을 좀 더 부각하여 영상을 찍고, 편집도 좀 더 다채롭게 하여 영상을 보는 구독자들에게 재미를 느끼게 만들고 싶었다. 다행히 크리에이터에 도전한 지 일 년이 지난 시점부터 사람들의 반응이 오기 시작했다.

많은 사람에게 웃음을 주기 위해서 우리가 정말로 재미있고, 행복해야 한다고 생각한다. 우리는 아무렇지 않게 하는 농담이나 장난들이 제 3자가 보아도 재밌어야 우리의 일이 의미가 있다. 주변에서는 다들 재밌다고 이야기해 주었지만 불특정 다수를 재밌게 하는 일은 결코 쉽지가 않았다. 경험이 부족한 초반에는 댓글에도 많이 휘둘렸다. 그래도 시간이 지날수록 있는 그대로의 우리를 재밌게 봐 주기 시작했다.

영상에서 '솔직적으로', '이거 맞냐는 거야~', '맞지?' 등 능청스러운 말투로 말하는 걸 재밌게 보셨는지 '솔직적으로 너무 재밌는 거 아니냐는 거야~'라고 재치 있는 댓글이 달린 적이 있었다. 기분 좋은 관심이었다.

지극히 평범한 일반인이 대중들에게 인지도를 쌓고, 가까워지는 일은 결코 쉽지 않은 일이다. 하지만 대 SNS

시대를 맞이하여 누구나 스타가 될 수 있는 사회가 된 것도 사실이다. 크리에이터로 활동하며 깨달은 점이 있다. 누구나 자신만의 스타가 있다는 것이다. 꼭 TV에 나오는 유명한 연예인이 아니더라도 말이다. 사회의 발전으로 인한 취향의 세분화와 개성의 다양성 덕분이다.

평범하게 자영업을 하며 살아가던 우리가 일 년 만에 크리에이터로서 성과를 만들어 낼 수 있다는 것이 아직도 믿기지 않는다. 영상이 주목받지 못했을 때는 캄캄한 새벽에 안개가 자욱하게 낀 길을 걷는 기분이었다. 언제 동이 트고, 안개가 걷힐지 우리는 가늠할 수 없었다. 일단 걷기로 했으니 걸었다. 묵묵히 걷다 보니 동이 조금씩 트기 시작했다.

아직도 안개 속에서 걷고 있지만 이제는 이 안개의 끝에 무엇이 있을까 기대하며 걷고 있다. 우리 앞에는 오아시스도 있고, 진흙탕도 있을지 모른다. 하지만 무엇인가 반짝이는 것이 기다리고 있을 것 같은 기대감이 생겼다.

점점 웃음이 사라지는 시대에 살고 있지만 우리는 지

금처럼 웃음을 나누며 살고 싶다. 힘들고 지친 하루 끝에 잠시 쉬고 갈 수 있는 휴게소 같은 존재가 되고 싶다. 웃고 사는 것이 얼마나 중요한지 공유하고 싶다.

물론 웃음으로 세상 모든 문제를 해결할 수는 없다. 하지만 긍정적으로 생각하면서 웃고 살다 보면 해결되는 일들도 많다는 걸 알아가고 있다.

그동안 수고했다는 말

"오빠 왼쪽 귀가 안 들려."

일에 쫓기던 아내의 몸에 무리가 왔던 것이다. 큰일이 아니겠거니 생각하며 일단 병원부터 가 보자고 했다. 서둘러 준비하고 공방 근처 이비인후과로 갔다.

"돌발성 난청입니다."
"네?"
"원인은 명확하게 밝혀지진 않았지만 바이러스 감염,

면역계 이상, 스트레스 등 다양한 이유로 생기는 병으로 초기에 치료를 잘 하지 않으면 30% 환자들은 청력을 완전히 회복하지 못합니다."

아내는 슬픈 표정으로 아무런 말이 없었다. 갑자기 한쪽 청력을 잃을 수 있는 병이 찾아왔다. 미안한 마음에 아무 말도 할 수 없었다. 그동안 앞만 보고 달려왔을 뿐인데 벌을 받은 것만 같았다.

병원 밖은 따듯한 햇살이 밝게 비추고 있었지만 무거운 아침이었다. 수업을 위해 공방까지 가는 차 안에서 둘 다 말이 없었다. 그런데 머릿속은 너무 복잡했다. 지금까지 쌓아온 것이 무너질 것 같은 두려움과 그래도 몸이 우선이니까 잠깐 쉬어야겠다는 생각이 뒤섞였다.

아내가 수업하는 동안 '돌발성 난청'에 대해서 알아보았다. 자연 회복률이 50% 정도 되지만 청력이 회복되지 않는 환자가 30%에 이른다니 덜컥 겁이 났다. 고용량 스테로이드 약물을 사용하여 염증을 줄이며 청력을 회복하는 것이 일반적인 치료 방법이라고 했다. 직접적인 치료가 아니라 염증을 줄여 낫기를 바라는 것이 해결책이라니 더욱 막막해졌다.

수업이 끝나고도 아내는 여전히 귀가 잘 들리지 않는다고 했다. 공방 운영 4년 차 접어들면서 지금까지 잘 버텨왔던 몸이 무너지고 있다는 신호를 보낸 것이었다. 생각해보면 뉴질랜드에서 돌아와서 곧바로 공방을 오픈하고 쉬는 날 없이 달려왔다. 일주일 내내 수업하고, 주말에는 판매까지 하니 새벽 출근은 필수였다. 형편은 나아졌지만 몸은 점점 무너져가고 있었던 것이다.

앙금 플라워 수업 특성상 기술을 전수하는 것이다 보니 수강생과 면대면으로 4시간 정도 함께 이야기를 나누며 진행해야 한다. 이 과정에서 결이 맞지 않는 수강생과 시간을 보내는 것에 스트레스가 쌓였던 것 같다. 반대로 나는 수강생을 대면 하는 일이 10주 과정 중 마지막 주에 창업 관련 수업을 하면서 한 번뿐이라 상대적으로 부담이 덜 했다.

병원을 오가며 돌발성 난청을 치료받던 중 알고 지내

던 크리에이터 부부인 '유랑쓰'와 만나 2박 3일 동안 즐거운 시간을 보냈다. 유랑쓰는 아내의 상태를 보더니 당장 일을 그만두라고 말했다. 그리고 크리에이터에 도전해 보라고 너희는 재밌으니까 잘 될 거라고 응원을 해주었다. 아내는 좋다고 했고, 나는 속이 복잡했다. 우리 생계가 걸려 있고 심지어 잘되고 있는 일을 갑자기 정리하긴 어렵지 않을까 하는 걱정이 앞섰다.

지금까지 우리가 이뤄놓은 것 때문에 아내가 아프게 되었다는 것이 슬펐다. 하지만 이제는 놓아야 할 때가 온 것 같았다. 한 명이라도 마음이 식으면 지금처럼 할 수 없으니 결단을 내릴 수밖에 없었다. 우리는 4년 동안 일궈놓은 공방을 내려놓고 다시 크리에이터의 세계에 발을 내딛기로 했다.

"그동안 수고했어. 다 내려놓고 제대로 한 번 도전해 보자!"

손을 잡고
앞으로
나아가야 할 때

스트레스는 정말 무서운 병이었다. 어느 날 한쪽 귀가 잘 들리지 않는 돌발성 난청 진단을 받았다. 청력이 돌아올 확률은 고작 30%. 그 말을 들었을 때 세상이 무너져 내리는 듯한 충격을 받았다. 다행히도 기적처럼 청력은 돌아왔지만, 그 과정에서 나는 몸과 마음이 얼마나 한계에 다다랐는지 절감했다. 이 일은 우리 부부에게 중요한 변곡점이 되었다.

더 이상 건강을 담보로 일할 수 없다는 생각이 들었고, 그간의 피로와 스트레스가 누적되어 있었음을 깨달았다.

그즈음 친한 부부 유튜버가 우리 집에 놀러 왔다. 오랜만에 만난 그들은 내 모습을 보고 놀란 듯했다. 예전처럼 활기차 보이지 않는, 피로에 찌든 내 얼굴을 보더니 걱정스러운 눈빛으로 물었다.

"너희 부부 유튜브를 다시 해보는 게 어때?"

그 질문은 내 마음속에 깊이 박혔다. 피곤함 속에 묻혀 있던 열정이 다시 고개를 들기 시작했다. 새로운 기회와 가능성 앞에서 설레었다. 하지만 남편의 반응은 그리 뜨겁지 않았다. 현재의 안정적인 삶에 만족하는 그에게 어렵게 쌓아 올린 익숙하고 안정된 생활을 내려놓는 것은 쉬운 일이 아니었을 것이다. 의견이 갈렸지만 포기하지 않고 남편을 설득했다.

"더 이상은 일 못 할 것 같아. 너무 힘들어. 우리만의 케미를 유튜브에 담아보자. 사업할 때처럼 열심히 해보자!"

남편은 결국 고개를 끄덕였다. 대신 우리가 정말 잘하는 것, 우리만의 이야기를 담아낼 계획을 세웠다. 세계를 여행하며 각자의 재능을 발휘하고, 그 안에서 우리의 이야기를 만들어 가기로 한 것이다.

예전보다 더 나아진 상황도 우리에게 힘을 실어주었다. 열심히 일해 돈도 모았고, 집도 마련되어 있었다. 무엇보다 남편의 마음가짐이 변했다는 것이 느껴졌다. 과거의 걱정 많고 불안해하던 남편은 이제 어디에도 없었다. 그는 자신감 넘치고 긍정적인 에너지를 가진 사람이 되어 있었다.

"1년 동안 열심히 해보고, 안되면 다시 돌아와서 시작하면 되잖아. 우리 둘이 뭘 하든 먹고 살 수 있지 않겠어? 이번엔 한 번 제대로 해보자!"

"좋았어!"

남편의 말은 그 어느 때보다 담담했고, 그 안에 확신이 담겨 있었다. 예전 같았으면 새로운 도전을 앞두고 불안해했을 그가 미소로 응답했다.

우리는 함께한 시간 속에서 점점 더 서로를 닮아갔다. 나의 추진력과 그의 신중함이 자연스럽게 조화를 이루기 시작한 것이다. 그 조화는 우리가 강한 팀이라는 확신을 심어주었다.

우리가 서로의 힘이 되어주었고, 실패하더라도 다시 일어설 수 있다는 믿음이 있었다. 무엇보다 건강과 사랑을 되찾은 우리는 도전을 두려워하지 않았다. 우리가 이미 충분히 성공한 것처럼 느껴졌기 때문이다.

삶은 우리에게 수많은 우여곡절을 안겨주었지만, 우리는 그 속에서 계속해서 성장해왔다. 함께라면 무엇이든 해낼 수 있다는 믿음이, 이제는 어떤 불확실함도 두렵지 않게 만드는 힘이 되어주었다. 다시 한 번, 우리는 서로의 손을 잡고 앞으로 나아갔다. 이 도전의 결말이 무엇이든 서로를 향한 믿음을 바탕으로 우리는 조금 더 자유로워졌다.

말하지 않아도 통하는 관계

직업을 잃었다. 공방을 정리하고 한동안 일을 안 하고 쉴 수도 있었다. 하지만 쉬는 대신 유튜브를 했다. 공방을 운영했던 것처럼 열심히 하면 크리에이터로 먹고 살 수 있지 않을까 하는 생각이 들었다.

공방 정리를 하기 전부터 손 놓았던 영상 제작을 시작했다. 모든 일이 그렇듯 적응 기간이 필요하기 때문이다. 최선을 다하겠다는 마음을 담아서 100만 원이 넘는 좋은 카메라도 샀다. 공방 일과 영상 제작일 병행은 한계가 있었다. 오랜만에 카메라 앞에서 이야기하려니 어색하고, 외부 촬영도 쑥스러웠다.

하지만 아내는 자신을 병들게 했던 일을 곧 그만둔다는 사실에 매일매일 들떠 있었다. 그 모습을 보면서 점점 부담감이 커졌다. 모든 것은 실전이었다. 조회수가 낮으면 우리가 재밌다고 생각해도 의미가 없었다. 어제보다 조금 더 나아지겠다는 생각으로 한 걸음씩 나아갔다.

여행을 좋아하고 경험이 있었으니까 해외 여행을 하는 콘텐츠를 준비했다. 가능할 거라고 생각했다. 첫 여행지는 우리가 좋아하는 인도네시아 발리였다. 발리로 떠날 준비를 하며 올린 첫 영상에서 아내가 이런 말을 했다.

"예전에는 여행이 하고 싶어서 떠났다면 지금은 좋아하는 일을 하고 싶어서 떠나는 느낌이에요."

새로운 일을 할 때 다들 그렇듯 어떤 이들은 응원하고, 어떤 사람들은 우려했다. 부모님의 걱정은 이만저만이 아니었다. 일이 이제야 자리 잡아 잘 되고 있는데 해외로 나간다니 말이다. 하지만 그 누구도 의지로 불타는 우리의 도전을 막을 순 없었다. 서로 말하지 않았지만 마음속의 불꽃이 다시 일어난 것이다.

베트남 호치민에서 7시간 경유 후에 인도네시아 발리에 도착했다. 어떻게 하면 더 잘 찍고, 재밌게 보여줄 수 있을지 고민하며 촬영을 시작했다.

요리, 운동, 게임 등 보는 것은 쉽지만 막상 해 보면 어려운 것이 많다. '그냥 여행하는 거 카메라로 찍으면 되겠지'라고 생각하지만 그렇지 않다. 기획, 촬영 그리고 편집까지 모든 것이 어려움의 연속이었다.

둘이서 고민해서 영상을 올려도 사람들의 관심을 끌기 어려웠다. 바라던 반응은 없고, 여행 다니며 틈틈이 편집하는 힘들다고 느껴지지 않았다. 이겨내고 싶다는 생각이 컸다. 언젠가 좋은 성과를 얻을 수 있을 거라는 믿음으로 버텼다.

도전에 대한 흥분과 잘 안될 수도 있다는 불안감이

뒤섞였다. 혼자였다면 쉽게 포기했을지도 모른다. 다행히 아내와 함께여서 용기가 났다.

말하지 않아도 척하면 척인 관계에서 주는 안정감은 우리를 앞으로 나아갈 수 있게 해주었다. 포기하지 않고 한 번 더 시도할 수 있는 인내심과 모든 것을 내려놓을 수 있는 과감함은 아내가 있기 때문에 가능한 일이었다.

주변에 힘을 주고 용기를 주는 사람이 있는지 살펴보자. 인생을 자유롭게 살아가기 위해서 그 선택을 지지해주는 사람이 곁에 있다는 것이 얼마나 큰 행운인지 함께하는 시간이 길어질수록 더욱 느끼고 있다.

ZAKS

성공은
달팽이처럼

일을 정리하고 떠나는 여행에서 오랜만에 자유로움과 단순한 행복을 느꼈다. 발리의 어느 식당에서 남편과 나눈 대화가 아직도 기억난다.

"그동안 행복이 너무 멀리 있다고 생각하며 살아왔던 것 같아. 내가 원하는 만큼 돈을 벌고, 사회적 위치에 올라야 행복해질 거라고 믿었어. 행복은 저 멀리, 그 끝에 있는 줄만 알았지. 그것을 위해 사는 거라고 생각했거든."

"사업할 때는 하나도 즐겁지 않았다?"

"어…."

발리에서 느끼는 이 자유로운 시간이 큰 깨달음을 주었다. 행복은 먼 미래의 어떤 결과물이 아니라, 바로 그 과정을 즐길 때 오는 것이었다. 행복은 이루어내는 결과보다 그 과정을 어떻게 바라보는지에 따라 달라진다는 것을 알게 되었다.

남편과 함께 여행하면서 유튜브에 업로드할 영상을 만드는 일은 간단하지 않았다. 하루 종일 찍은 6~8시간 분량의 영상을 20분으로 압축해 편집하는 일은 촬영보다 더 많은 시간이 걸렸다. 그럼에도 불구하고 그 과정 하나하나가 너무나도 재미있었고 무엇보다 진정한 행복을 느꼈다.

하고 싶은 일을 하면서 살아가는 이 시간이 얼마나 소중한지 새삼 깨달았다. 당장 눈에 보이는 수입이 없더라도 불안함은 없었다. 오히려 과정에서 얻는 경험과 배움이 더 소중하게 느껴졌다.

사업을 하면서 배운 것이 하나 있다. 성과는 달팽이처

럼 천천히 돌아온다는 것이다. 얼마나 노력과 열정을 잘 쌓아두느냐에 따라, 결과가 돌아온다는 것을 알고 있었기에 서두를 필요가 없었다. 이 순간들을 하나씩 차곡차곡 쌓는 것이 중요했다.

여행도 일도 그리고 우리의 인생도 그렇게 느리지만 천천히 쌓여가고 있다. 서두르지 않고, 그 속에서 서로를 더 깊이 이해하며 나아가는 중이다.

웃음이 많지만
때때로
진지합니다

웃음을 잃었다. 여행을 떠나온 지 100일쯤 되었을 때다. 시간은 속절없이 지나가는데 성과가 나질 않으니 우리의 노력을 몰라주는 것 같았다. 언제부터인가 촬영을 하지 않을 때는 점점 진지해졌다.

어떤 일이든 새로운 일에 도전하면 어려움이 있겠지만 크리에이터는 차원이 달랐다. 직장에 취직하면 일을 적응하며 배우는 기간에도 월급이 나오지만 유튜브는 사람들에게 좋은 반응을 얻기 전까지는 수익이 나질 않는다. 언제 반응이 올지 모른다는 것이 가장 큰 두려움이었다.

가지고 있는 돈은 4천만 원이 전부였다. 적은 돈은 아니었지만 여행을 하다 보면 콘텐츠에 투자한다는 명목으로 돈을 쓰는게 쉬워졌다. 돈이 부족해서 세계여행을 멈춘 경험이 있어서 그런지 돈이 줄어드는 것이 꽤 불안했다.

누구에게도 말할 수 없었다. 우리가 선택한 일이었기에 여행지에서 고군분투하며 오롯이 겪어내야 하는 문제였다. 새해를 호텔이라 부르기도 민망한 3만 원짜리 숙소에서 묵으면서 둘이서 내린 결론은 하나였다. 연말까지는 결과에 일희일비하지 말자고, 가지고 있는 예산 내에서 여러 방법을 시도해보고 결정하는 것.

대화를 통해 상황을 정리하니 한결 마음이 놓였다. 재정 계획도 다시 세우고 한 달 여행 예산을 정했다. 연말까지는 오로지 영상 제작에 몰두할 수 있는 상황을 만들었다.

창업자들이 도전을 할 때 가장 어려워하는 점이 자금조달이라고 한다. 결국 잘 될 때까지 자금조달을 할 수 있는가? 이것이 문제다. 우리는 해외여행 크리에이터로 승부수를 던졌기에 어쩔 수 없이 예산도 중요한 제작 요소였다.

발리에서 일본으로, 일본에서 홍콩으로, 홍콩에서 베트남으로 여행은 이어졌다. 예산이 한정되어 있으니 유럽, 남미, 북미는 엄두도 나지 않았다. 동남아는 덥고 다들 똑같이 가는 여행지에서 어떻게 재미를 뽑아야 하는지 감이 잘 안 잡혔다. 영상을 통해 얻은 수익만으로 먹고 살기에는 턱없이 부족한 수준이었다.

평소에는 다툼이 없이 잘 지내다가도 유튜브 이야기만 하면 의견이 충돌했다. 지금 생각해 보면 왜 그랬을까 싶다. 서로 잘해보려고 하는 건데 왜 그렇게 싸웠는지. 한편으로는 그때 치열한 고민과 의견 교환이 있었기에 지금 이 자리에 올 수 있었던 것 아닌가 싶기도 하다.

영상에 담긴 우리 모습은 항상 재미있고 밝다. 그런 모습을 보여드리려고 애쓰고 있고, 영상을 보는 사람들도 우리의 신난 모습을 원한다. 하지만 카메라 뒤에서는 치열하게 고민하고, 진지할 때가 많다. 앞뒤가 다른 사람처럼 보일지 몰라도 밝은 모습을 보이려는 이유는 단 하나다. 이런 노력이 예의라고 생각하기 때문이다.

사람들이 영상을 보는 20~30분 동안만이라도 모든 걱정을 내려놓고 웃는다면 충분하다. 촬영과 편집을 하다가 힘들 때면 내가 왜 이 일을 하는지 생각한다. 그러면 다시 힘을 내서 앞으로 나아갈 수 있다.

우리 삶의 모토는 후회 없는 삶이다.

후회가 없을 수 없지만 후회를 줄이는 방법은 알 것 같다.

최대한 많은 일에 도전하기.

해 보고 후회하는 것이 하지 않아서 후회하는 것보다 낫다.

꿈과 현실의 경계

어릴 때 아버지가 사업을 하다 무너진 적이 있었다. 그 후 다시 성실하게 일하며 일어서는 모습을 보았다. 그 시간 속에서 하나 뿐인 딸로 동생이 태어나기 전까지는 부모님의 사랑을 오롯이 받으며 자랐다.

하지만 동생이 태어나던 해, IMF가 닥쳤다. 엄마와 아빠는 생계를 위해 맞벌이를 시작했고 그 때는 어린 동생을 부모님처럼 돌봐야 한다는 책임감을 느꼈다.

아버지는 가족을 위해 단 한 번도 일을 쉰 적이 없었다. 그것이 가장의 역할이라는 생각이 내 안에 깊이 뿌리내렸다. 자연스럽게 '아빠처럼 생활력이 강한 남자를 만나야지'라고 다짐하게 되었다.

또 어린 마음에 엄마처럼 가정을 위해 헌신하는 현모양처가 되고 싶다는 꿈을 꾸었다. 하지만 꿈은 꿈일 뿐, 현실에서 현모양처는 존재하지 않았다. 처음부터 그런 이상적인 모습이 있었다면, 지금처럼 남편과 풍부한 대화를 나눌 수 있었을까?

서로 다른 부분을 맞춰나가기 위해 시시콜한 것 하나까지 이야기를 나누고 있다. 처음엔 이런 상황이 어색했지만, 이제는 남편과의 대화가 내 삶의 중요한 일부가 되었다.

우리의 대화는 단순한 소통을 넘어, 서로의 삶과 감정을 깊이 이해하는 중요한 통로가 되었다. 함께 있을 때 우리는 더욱 큰 시너지를 발휘하며, 진정한 행복을 느낀다는 사실을 깨닫는다. 앞으로도 우리는 기쁨과 슬픔을 함께 나누며, 서로의 곁에서 손을 맞잡고 걸어갈 것이다.

부부는 마치 실타래 같다. 때로는 얽히고 복잡해질 때도 있지만, 서로의 손을 맞잡고 같은 방향으로 엮어가는 것이 바로 부부의 모습이 아닐까. 서로를 존중하고 이해하며, 조화롭게 인생을 함께 엮어가는 우리의 모습이 참으로 소중하게 느껴진다.

서로의 손을 잡고 같은 방향으로 나아가는 것.
눈을 맞추고 생각을 나누는 것.

삶을 함께 나눌 사람이 있어서
충분히 행복하다.

무뚝뚝함 속에 숨겨진 깊은 마음

밖에서는 활발하고 사람들과 잘 어울렸지만 집에만 오면 무뚝뚝한 딸로 변했다. 이 모습은 어쩌면 아버지를 닮은 것일지도 모른다. 아버지 또한 말수가 적고, 감정을 잘 드러내지 않으셨다. 가족들에게 사랑한다는 말도, 수고했다는 말도 들어 본 적이 없다. 그저 밤낮없이 일에만 매진했다.

온 힘을 다해 일하는 아버지가 기억하는 모습의 전부다. 아버지가 보여주신 사랑은 말로 전달되는 것이 아니라, 자식들이 하고 싶은 일을 마음껏 할 수 있도록 경제적인 상황을 만들어 주는 것이었다.

어릴 때는 말로 따뜻하게 표현해주지 않으니, 아버지의 사랑을 잘 몰랐다. 그렇게 오해가 쌓여 아버지를 미워하기도 했다.

"왜 우리 아빠는 다른 아빠들처럼 다정하지 못할까?"
"왜 우리 아빠는 저렇게 술을 많이 마실까?"
"왜 우리 아빠는 담배를 피지?"
"엄마에게 왜 저렇게 말하지?"

다른 집 아빠들처럼 다정하게 웃어주지도 않고, 가족과 함께 시간을 보내는 것보다 일하고 사람들과 술을 마시는 데 많은 시간을 할애하는 아버지가 못마땅했다. 그런 아버지와 함께 살아가는 엄마가 불쌍해 보였고, 아버지의 무뚝뚝함과 차가움이 엄마에게 상처를 준다고 생각했다.

하지만 시간이 지나고, 어른이 되면서 아버지가 짊어지고 있던 가장의 무게를 조금씩 알게 되었다. 가족을 책임져야 한다는 무게, 그 안에서의 외로움과 고단함을 겉으로 드러내지 않았던 아버지의 마음을 이해하기 시작했다. 자식들이 하고 싶은 것을 마음껏 할 수 있도록 묵묵히 그 뒤에서 지원하는 것이 미처 보지 못했던 아버지의 깊은 사랑이었다.

아버지에 대한 오해가 풀린 지금 나와 아버지의 관계는 그 어느 때보다도 애틋하다. 예전에는 표현하지 않았던 애정도 표현하려고 노력한다. 아버지도 파킨슨증후군이라는 병을 앓으면서 그동안 내색하지 않았던 마음도 더 따뜻하게, 최대한 많은 사랑을 표현하려고 하신다.

이제야 알 것 같다. 아버지의 무뚝뚝함 속에 얼마나 깊은 사랑이 숨어 있었는지를. 그리고 그 사랑이 나를 어떻게 성장시켰는지를. 아버지의 건강이 날이 갈수록 걱정이 되지만, 우리는 서로에게 더 많은 사랑을 나누며 주어진 시간 속에서 최선을 다하고 있다. 지금 이 순간이 너무 소중하고, 우리는 진정한 가족의 사랑을 느끼고 있다.

때때로 삶이 힘들 때 우주적 관점으로 나를 바라보는
상상을 한다.
벅차다고 생각했던 현실의 무게는
지구가 우주의 티끌이라는 사실을 떠올리면
마음이 한결 가벼워진다.
우주적 시간으로 보면 우리의 삶도 찰나일 뿐이니까.

아픔을 마주하는 일

아내가 말없이 운다. 말레이시아 페낭 공항 대합실은 분주했지만 내 마음은 차분해졌다. 우리는 쿠알라룸푸르로 가기 위해 비행기를 기다리고 있었다. 우리가 예약한 저가 항공은 어김없이 연착되었다. 마음이 조급해졌다. 쿠알라룸푸르를 거쳐 아이슬란드에 가야 했기 때문이다. 페낭에서 비행기가 연착되면 쿠알라룸푸르에서 아이슬란드로 가는 비행기를 놓친다. 저가 항공이라 환불도 되지 않았다.

손쓸 방법이 없던 우리는 말없이 앉아 있었다. 아내의

휴대폰으로 부모님께 전화가 걸려 왔다. 장인어른은 파킨슨 증후군을 진단받고 투병 중이었다. 그로 인해 몸이 굳거나 떨리고 자세가 불안정해서 일상생활에 지장이 생겼다. 장인어른은 예후가 좋지 않고, 병의 진행 속도가 빨랐다.

영상통화 너머로 아버님께서 딸이 보고 싶다고 말하며 눈물을 흘리셨다. 아내도 여지없이 울었다. 옆에서 보고 있자니 마음이 짠했지만 할 수 있는 건 함께 있어 주는 것뿐이었다.

"한국 들어가자."

통화를 마친 아내의 첫 마디는 나를 당황하게 했다. 우리는 세계 여행을 하는 크리에이터로서 해외에 나와 있는 상태였기 때문이다. 비행기 연착으로 아이슬란드 여행은 못하게 되었어도 다른 여행지로 대체할 수 있었다.

아내의 말에 머릿속이 복잡해졌다. 목표를 위해 계속 나아가야 하는지. 아프신 부모님과 시간을 조금 더 보내기 위해 귀국해야 하는지 결정을 내리기 어려웠다.

짧은 시간이었지만 우리는 깊은 대화를 나누었다. 상황과 아버님의 건강을 고려해보았을 때 한국에 들어가는 것이 좋겠다는 결론이 나왔다. 망설이지 않고 다음 날 한국으로 돌아가는 비행기 티켓을 끊었다.

여행을 떠나기 전에는 아버님은 혼자서 걸을 수 있었는데 도움 없이는 걸을 수도, 화장실도 가실 수 없는 아버님을 보니 들어오길 잘했다는 생각이 들었다.

모든 일에는 타이밍이 있다. 타이밍 때문에 잘 되기도 하고, 안 되기도 한다. 다 같이 식사할 수 있을 때 함께 시간을 더 보내야 후회가 남지 않을 것 같았다.

아내의 마음도 한결 편해 보였다. 해외에 있을 때는 홈 CCTV로 아버님의 상태를 매번 확인했는데 그걸 볼 때마다 항상 슬퍼 보였다. 옆에서 괜찮을 거라 토닥였지만 부족했을 것이다.

그렇지만 영상 제작을 멈출 순 없었다. 이번 기회에 아버님의 꿈이었던 캠핑카를 타고 전국을 누비는 콘텐츠를 찍으면 좋을 것 같았다. 재정 상황상 캠핑카를 마련하기는 힘들어서 2천5백만원 짜리 중고 카니발을 샀다. 그리고 우리가 왜 한국으로 돌아오게 되었는지 설명하는 영상을 올렸다. 거짓말처럼 17만 조회수가 나오며 대박이 났다. 구독자도 빠르게 늘어났다.

해외여행을 멈추고 귀국한 우리에게 아버님이 선물을 주신 것 같았다. 영상 반응이 좋으니 우리는 더 열심히 하게 되었다. 오히려 구독자들에게 많은 응원을 받았다. 생각지도 못한 반응에 얼떨떨했지만 기뻤다.

한국에 돌아와서도 장인 어른을 보며 마음 아파하는 아내를 위해 장인, 장모님과 함께 살고 있다. 촬영차 집을 많이 비우게 되니 차라리 조금 더 쾌적한 곳에서 모시는 게 나을 것 같았다. 촬영을 갔다 오면 부모님이 집에 계시니 아내는 마음이 편해져서 촬영에 더 집중하게 되었다.

가장 가까운 사람의 아픔을 지켜보는 일은 어렵다. 아마도 그녀의 마음을 다 헤아리지는 못할 것이다. 그저 조금이나마 슬픔을 덜어내고, 힘이 나도록 도울 수 있다는 사실이 기쁘다. 혼자라면 버거운 일들도 함께여서 의지가 되고 이겨낼 수 있다고 믿고 있다.

기쁨과
슬픔의
공존

마음을 모아 힘을 합치니 시너지가 있다. 남편 혼자 유튜브를 할 때보다 우리 둘이 함께하니 채널이 훨씬 빠르게 성장하는 게 눈에 보였다. 수익이 나려면 시간이 더 필요했지만, 촬영하고 편집하는 과정 그 자체로 즐거웠다. 매주 새 영상을 기다려 주는 팬들도 생기기 시작하면서, 우리는 점점 더 많은 에너지를 얻었다.

그러나 이러한 성장의 기쁨 뒤에는 항상 마음 한편 아버지가 점점 더 약해져 가는 모습을 볼 때마다 마음이 무거워졌고, 그럴수록 꿈을 좇아 세계를 여행하는 내 모습이 아이러니하게 느껴졌다.

성장의 기쁨과 함께 아버지에 대한 그리움이 점점 더 커져 갔다. 그래서 틈날 때마다 아버지의 상태를 확인하곤 했다. 아버지가 넘어지지는 않았는지, 혼자서 일어나셨는지, 화장실은 잘 다녀오셨는지…. 스마트폰의 작은 화면을 통해 아버지를 지켜보는 게 유일한 위안이었다. 인터넷 상황이 좋은 나라에 머물 때면 하루에 한 번씩은 영상통화를 하려고 노력했다. 아버지가 외로워하지 않도록, 항상 곁에 있다는 걸 느끼게 해드리고 싶었다.

그러던 어느 날, 영상통화를 하던 중 아버지께서 갑자기 보고 싶다며 엉엉 우셨다. 그 모습을 보며 그동안 참아왔던 눈물이 나도 모르게 터져 나왔다. 성공만 생각하며 달리고 있을 때, 아버지는 그리움 속에서 홀로 버티고 계셨다는 생각에 가슴이 먹먹해졌다. 전화를 끊고 난 후, 남편에게 말했다.

"우리 국내에서 촬영하는 건 어떨까?"

남편은 이미 어느 정도 예상했던 듯, 담담하게 제안을 받아들였다. 그가 이해해준다는 게 참 고마웠다. 지금 무엇보다 중요한 것은 아버지 곁에 있어 드리는 것이었다. 그렇게 아버지를 위해, 또 우리의 삶을 다시 재정비하기 위해 한국으로 돌아왔다. 세상은 넓고 우리의 꿈은 크지만, 가족의 자리는 결코 작아지지 않는다는 사실을 그때 비로소 깨달았다.

오랜만에 아버지와 함께하는 시간에 나를 괴롭히는 불안감이 조금씩 사라지는 듯했다. 하지만 국내에서 어떤 콘텐츠를 만들어야 할지에 대한 막연한 불안감이 나를 사로잡았다.

'세계를 여행하는 우리를 봐주던 구독자들이 국내 콘텐츠를 봐줄까…?'

우리는 새로운 출발선에 서 있었고, 그만큼 다음 스텝

을 신중하게 결정해야 했다. 그때 문득 떠올랐던 것이 아버지의 소원이었다. 아버지는 늘 은퇴하면 엄마와 함께 캠핑카를 타고 전국 일주를 하고 싶다고 하셨다. 현실적으로 우리에게 캠핑카를 살 여유는 없었다. 그때 내 머릿속에 카니발을 캠핑카로 쓰면 되겠다는 아이디어가 떠올랐다. 남편은 불도저 같은 추진력에 또 당황했지만, 어느 정도 익숙해진 모양인지 바로 실행에 옮겼다.

한국에 온 지 일주일 만에 중고 카니발을 뽑았고 그 길로 부산으로 차박을 하러 떠났다. 차에서 하룻밤을 보내며 왜 한국에 오게 되었는지 아버지의 상황을 이야기하며 촬영한 첫 차박 영상은 알고리즘의 선택을 받으면서 부부 유튜버로서 이름을 알리기 시작했다.

마치 아버지가 우리를 살려주신 것 같은 기분이었다. 아버지의 소원을 조금이나마 이루어드리기 위해 시작한 일이었는데 덕분에 우리의 유튜브 채널이 성장하기 시작했다. 그 뒤로 광고 요청이 줄줄이 들어왔고, 드디어 크리에이터로 먹고 살 수 있는 기회가 생겼다.

한 번의 결정이 이렇게 모든 것을 바꿔놓을 수 있을

줄은 상상도 못 했다. 그 모든 일이 기적처럼 느껴졌다.

어느 날 펜션 광고를 받았다. 아버지와 함께하는 시간을 영상에 담을 수 있다는 생각만으로도 가슴이 벅찼다. 우리 가족은 펜션에서 정말 소중한 추억을 만들게 되었고, 그 모든 순간이 카메라에 고스란히 담겼다.

인생은 어디로 흘러갈지 정말 모른다. 아픈 아버지의 꿈을 조금이라도 대신 이루기 위해 시작했던 작은 일이 결국 우리의 삶을 바꾸는 큰 계기가 되었다.

시작하자,
바닥을 만나도
괜찮으니까

사람들은 다이아몬드의 반짝이는 것만 본다. 다이아몬드가 반짝이기까지의 세공 과정에는 관심 없다. 우리의 실패의 역사는 사람들이 알 길이 없고, 사실 알 필요도 없다. 하지만 그동안의 도전과 실패가 없었다면 지금의 우리도 없다는 것은 확실하다.

혹시나 무언가 도전하기를 망설이고 있다면 하루라도 빨리 도전해 보라고 말하고 싶다. 성공은 시간의 축적이 주는 선물 같은 것이다. 빠르게 성공한 반짝이는 사례들이 주변에 보여도 흔들리지 말자. 무슨 일이든 처음은 막막하고 두렵다. 경험이 없어서 실패할지도 모른다. 그럼 실패에서 배우고 다음 단계로 나가면 된다.

도전에 확실한 것은 없다. 두려움을 조금 불편한 친구라고 생각하고 한 걸음씩 걸어 나가자. 그리고 원하는 것을 달성할 때까지 해 보는 것이다. 돌고 돌아 긴 시간이 걸릴 수도 있다. 그래도 포기하지 않는다면 다이아몬드처럼 반짝이는 날이 분명히 올 것이다.

자유롭고 나다운 삶을 살기 위해

긴 시간을 돌아왔다.

모든 시간이 나를 키우고 성장시켰다.

여전히 배울 것이 많지만

두려움 속에서도 웅크리지 않고 나아갈 용기가

내 안에 단단히 자리 잡았다.

치열하고
느리게 보내는
하루

'하루하루는 성실하게, 인생 전체는 되는대로.'

이동진의 《밤은 책이다》 중 한 문장이다. 이 문구는 우리 부부에게 큰 영감을 주었다. 과거 하루하루 되는대로 살면서 인생 전체는 무엇인가 되기를 바랐다. 놈팽이였다. 당연히 성실히 살지 않으니 결과는 뒤죽박죽이었다. 운이 좋을 때는 좋은 결과를 운이 나쁘면 나쁜 결과를 얻었다. 실력과 상관없이 외부 변수에 따라 결과가 달라졌다. 나만 잘 안되는 것 같은 세상이 이상하다고 여겼다.

아내와 만난 후 삶이 달라졌다. 자신이 하고 싶은 일에 대해서는 꾸준히 성실하게 일하는 모습을 보며 많이 배웠다. 함께 유튜브를 시작한 이후 치열하게 하루하루를 살고 있다. 일주일에 영상 한 편을 올리기 위해서는 대략 50시간 이상의 시간이 필요하다. 처음 해외여행 콘텐츠를 찍을 때는 하루 종일 촬영해서 7~8시간 분량의 원본이 나오면 둘이서 4일 정도 편집해야 한 편의 영상이 만들어졌다.

한국에 들어와서 촬영을 하니 시간이 더 든다. 차박을 위해 는 1박 2일로 촬영을 나가야 한다. 촬영 지역으로 이동해서 다음 날 아침까지 촬영하면 원본 분량이 10시간이 훌쩍 넘는다. 촬영 후에는 스터디 카페로 매일 같이 출근해서 편집한다. 사람들은 우리에게 이렇게 말한다.

"맨날 놀러 다니고 좋겠네~ 편하게 돈 벌고."

이런 말을 들으면 너도 한 번 해보라는 말이 목 끝까지 차오른다. 남이 하는 일이 쉬워 보이면 그 사람이 잘하고 있기 때문이라는 말을 들은 적이 있다. 우리의 모습이 편하게 돈 버는 모습으로 보인다는 이야기를 들을 때 우리가 그만큼 잘하고 있구나하고 생각한다.

사회 전반적으로 '노력'의 의미가 퇴색되어 가고 있는 것 같다. 노력이 중요한 것이 아니라 타고난 환경이나 운이 모든 것을 결정한다는 말들이 많다. 예전엔 그렇게 생각했던 것 같다. 하지만 이제는 생각이 다르다.

노력으로 모든 것을 뒤집을 수는 없지만 최소한 내 인생 정도는 바꿀 수 있다. 노력의 부재를 환경 탓으로 돌리기에는 청춘이 너무 아깝다. '진인사대천명'이라는 사자성어가 괜히 오랫동안 내려져 오는 것이 아니라 생각한다.

물론 큰 성공을 위해선 운이 따라줘야 한다. 시대 흐름, 경쟁자의 유무, 경제 상황 등 모든 것들이 잘 맞아떨어져야 큰 성취를 얻는다. 하지만 작은 성공, 나와 내 가족을 지키는 정도의 성공은 노력으로 충분히 가능하다.

매일매일 치열하게 보낸 시간이 우리 둘 사이를 더욱 단단하게 만들어 주었다. 만약 우리에게 나쁜 일이 생겨

바닥으로 떨어진다 해도 다시 일어설 수 있는 힘을 남겨둘 만큼.

"악플을 받으면 뜬 거야."

아내가 악플로 힘들어하는 나를 위로한다고 해준 말이다. 사랑의 반대말은 미움이 아니라 무관심이라고 했던가. 영상을 올리면서 제일 무서운 것은 악플이 아니라 무플이다. 재밌을 거라고 생각하며 열심히 만들었는데 아무도 봐주지 않으면 허탈해진다. 그동안의 노력이 아무 의미 없는 일이었다는 생각까지도 든다.

그렇다고 악플이 무섭지 않은 건 아니다. 악플 때문에

얼마나 많은 사람이 슬픔을 겪었는가. 일면식도 없는 온라인 공간 너머의 불특정 다수에게 욕을 먹는 일은 결코 익숙해지지 않는다. 글에는 힘이 있어서 나쁜 글들은 머릿속을 잘 떠나지 않는다. 끊임없이 나를 공격하고, 나중엔 스스로 나를 공격하기도 한다.

무플 보다는 악플이 낫지만 악플을 받는 크리에이터는 되고 싶지 않다. 우리는 사람들에게 웃음과 공감을 나눈다고 생각한다. 그래서인지 긍정적인 반응을 해 주는 구독자들이 많다. 원래 꽃에는 꿀벌만 날라 오는 것이 아니라 벌레도 꼬이는 법이다. 그렇게 생각하며 이겨내려고 애쓰고 있다.

댓글창에 악플이 하나 있으면 점점 늘어나기 때문에 내가 먼저 발견하면 잽싸게 지운다. 깨진 유리창을 방치하면 그 지점으로 범죄가 확산된다는 '깨진 유리창 이론'처럼 길을 걷다가 쓰레기가 있는 곳이 보이면 쓰레기를 버리는 것과 비슷한 일이 댓글창에서 일어난다. 악플이 있는 곳에는 악플이 쌓인다. 내가 미쳐 지우지 못한 댓글을 아내가 보면 하루 종일 우울해한다.

별일 아니라고 지나칠 수도 있지만 얼굴도 모르는 사람에게 공격받는 것이 얼마나 무서운 일인지는 경험해 봐야 체감할 수 있다.

"자기야, 우리 이제 떴나 보다! 옛날에 영상 올렸을 때를 생각해 봐. 댓글도 안 달리고 아무도 관심이 없었잖아. 근데 이제는 칭찬 댓글도 많이 달리고, 악플까지 달린다는 건 많은 사람들이 우리 영상을 시청해 주니까 생기는 일 아닐까?"

우리가 악플을 이겨내는 방식은 별것 아닌 것 같은 말이지만 큰 도움이 된다. 모두가 나를 좋아할 수 없다. 사람마다 성격, 가치관, 취향, 경험이 다르다. 이러한 차이로 인해 사람들은 다른 사람들을 대하는 태도나 호감도에서 큰 차이를 보일 수밖에 없다. 악플을 다는 사람들은 우리와 결이 다른 사람이니 피하는 것이 상책이라 생각한다.

더불어 우리가 가지고 있는 긍정의 에너지를 더 보여주겠다고 다짐한다. 비슷한 에너지를 가진 사람끼리 호감을 느끼고, 에너지를 주고, 받는다고 생각하기 때문이다. 우리와 에너지가 안 맞는 사람들을 만나면 오랜 기간 만나지 못하고 결국 인연이 끊긴 경험으로 생긴 지혜다.

인생을 살다 보면 누군가 나를 공격하는 일을 마주하기도 한다. 가족, 직장동료, 친구, 동호회 사람 등 다양한 사람들을 만나면 어쩔 수 없이 생기는 인간관계 문제다. 그럴 때 굳이 관계를 잘 풀기 위해 노력할 필요는 없다고 생각한다.

내가 끊을 수 있는 관계라면 확실히 끊는 것이 서로를 위해 좋은 선택이라 믿는다. 만약 끊을 수 없는 관계라면 상대가 그 누구라도 최대한 접촉을자. 짧은 인생 좋은 사람과 좋은 시간 보내기도 부족하다.

대한민국
REPUBLIC OF KOREA

에필로그 _

웃음이 가득한 하루가 되길

3600만 명이 시청한 레전드 축가 부부의 주인공이 바로 우리다. 평범하게 연애하고 결혼했다고 말하고 싶지만 자세히 들여다보면 자유롭게 살기 위해 발버둥 치는 시간이었다.

힘들고 지칠 때 우리를 일으킨 것은 유머였다. 유머가 부부 사이에 긍정적인 영향을 미친다는 연구 결과를 본 적이 있다. 스트레스를 줄이고 갈등을 완화하며 정서적인 유대를 강화하는 역할을 해주고 유머 코드가 비슷하면 소통이 원활해지고 이해의 폭이 넓어져서 만족도가 높아진다고 했다.

뜨겁게 불타오르는 사랑의 유통기한은 짧지만 서로 편하게 웃고 함께하는 시간은 오래 남는다. 다투거나 불만이 있어도 오랜 시간을 함께한 것은 같은 것을 보고 웃었던 순간이 인생에 오롯이 새겨졌기 때문일지 모른다.

호주 워킹홀리데이를 하며 공장에서 하루 종일 소의 혀와 심장, 허파, 간, 내장을 포장하며 보냈어도 대화가 통하는 상대가 내 곁에 함께한다는 것이 위안이 되었다. 지금도 마찬가지다. 아무리 힘든 하루를 보냈어도 그저 마음 편히 함께 웃을 수 있는 사람이 있다는 것만으로도 살 만하다는 생각이 든다.

인생을 자유롭게 살아가려면 웃음이 필요하다. 시간이 지나면 지날수록 같은 것을 보고 웃으며 나를 이해하고 받아들여 주는 사람이 곁에 있다면 금상첨화다. 이 책을 읽는 당신에게도 그런 순간과 사람이 함께하기를 간절한 마음으로 바라고 있다.

新宇宙公司
的士
TAXI
CV
663

인생을 자유롭게 하는 것들

초판 1쇄 발행 2024년 12월 13일

지은이 나용민 · 유숙현
기획편집 이가영
콘텐츠 그룹 정다움 이가람 박서영 이가영 전연교 정다솔 문혜진 기소미
디자인 mallybook 최윤선 오미인 조여름

펴낸이 전승환
펴낸곳 책읽어주는남자
신고번호 제2024-000099호
이메일 book_romance@naver.com

ISBN 979-11-93937-38-9 03180